神圣的希望

（诗歌三部曲）

[安哥拉]阿戈什蒂纽·内图（AGOSTINHO NETO）/著

张晓非/译

阿戈什蒂纽·内图（Agostinho Neto）

[安哥拉]阿戈什蒂纽·内图 /著
张晓非/译

神圣的希望

诗歌三部曲

江苏凤凰文艺出版社
JIANGSU PHOENIX LITERATURE AND ART PUBLISHING, LTD

图书在版编目（CIP）数据

神圣的希望:诗歌三部曲 / (安哥拉)阿戈什蒂纽·内图著;
张晓非译. —南京:江苏凤凰文艺出版社,2018.12（2023.5重印）
ISBN 978-7-5594-3074-8

Ⅰ. ①神… Ⅱ. ①阿… ②张… Ⅲ. ①诗集—安哥拉—现代
Ⅳ. ①I474.25

中国版本图书馆 CIP 数据核字(2018)第 255350 号

神圣的希望：诗歌三部曲

(安哥拉)阿戈什蒂纽·内图 著 张晓非 译

责任编辑 梁雪波 黄孝阳
装帧设计 史淑娴
责任印制 刘 巍
出版发行 江苏凤凰文艺出版社
南京市中央路 165 号,邮编:210009
网 址 http://www.jswenyi.com
印 刷 三河市双升印务有限公司
开 本 880毫米×1230毫米 1/32
印 张 7.625
字 数 157千字
版 次 2018年12月第1版 2023年5月第2次印刷
书 号 ISBN 978-7-5594-3074-8
定 价 59.80元

目　录

第二部　无法放弃

第三部　破晓

中译序

一个民族的肖像

姚　风

我上小学的时候，就知道安哥拉是一个被殖民主义统治的国家，那里的人民为了获得自由和独立正勇敢地与殖民统治者进行不懈的斗争。大学毕业后，被分配到中国社会科学院外国文学研究所工作，有幸认识了俄罗斯文学翻译家戈宝权先生。他不仅以出色的译笔翻译了许多俄罗斯的文学作品，还从俄文翻译了一本《安哥拉诗选》(作家出版社，1963 年)，其中就收有阿戈什蒂纽·内图的几首诗歌作品，虽然从这些诗作中我们已经感受到诗人对祖国和人民所表现出来的赤诚之心，但很难窥视这位战斗诗人的创作全貌。

现在，由北京外国语大学的张晓非副教授花费心力翻译的阿戈什蒂纽·内图诗选《神圣的希望》即将在中国出版，这无疑会引领我们回到安哥拉反对殖民斗争、争取独立的那个年代，沿着一行行铿锵有力的诗句感受这位诗人的战斗之路。无论是在丛林和战场，还是在牢狱或者流亡的路上，阿戈什蒂纽·内图始终没有放弃手中的另一种武器——笔，来抒写他钢铁的坚强、血液的赤诚、心灵的大爱以及对自由的渴望，这让我们很受感动，不禁心生钦佩。这本诗集既是诗人充满传奇色彩一生的写照，也是一个时代的记录，正如若昂·德·卡尔瓦略教授在本书的序言中所说："在诗歌里，内图是社会学家、经济学家、思想家、人类学家、历史学家和先知。其诗歌价值在于经验上的支持，在于其科学性、描述性、文献性、分析性及对话性，在于其主观性和完整性，而这一切都成就了其历史的客观性。”

今天的安哥拉，已经不是阿戈什蒂纽·内图笔下所书写的那个国家。自从1975年独立并逐渐摆脱内战的局面之后，安哥拉逐渐走上快速发展之路，铁路、公路、机场、医院和学校的建设使得安哥拉成为大步迈向现代化的国家，这正是阿戈什蒂纽·内图所希望看到的。也因为如此，重读阿戈什蒂纽·内图的诗句，会让人们倍加珍惜这来之不易的果实。与此同时，在中国与安哥拉经贸关系日渐紧密，两国人民的友谊不断加深之际，出版阿戈什蒂纽·内图诗集无疑别具意义，它有助于中国读者了解这个遥远国家的历史和文化，因为从诗歌中我们可以看到一个民族的肖像。

2015年5月29日

（姚风，诗人、翻译家）

原序一

阿戈什蒂纽·内图:时代之子

若昂·萨拉伊瓦·德·卡尔瓦略

(João Saraiva de Carvalho)

当我受玛丽亚·艾乌热妮娅女士之托,为阿戈什蒂纽·内图先生的本诗集作序时,“我受宠若惊”。“不行,我不能为阿戈什蒂纽·内图先生的诗作序,无论是论才华、威望,还是在文学界的影响,我都不胜任这项工作。”

内图先生在几乎全部(或者就是全部)的诗篇中,贯穿着传达觉醒意识和行动必要性的信念。几周前,我不揣鄙陋,对此写了一些谦恭的评论。玛丽亚女士读过后,坚持要我为本书作序。得知这个原因,我决定接受邀请。

上一个九月份,在纪念阿戈什蒂纽·内图先生的生平和作品之际,我写下上述那些小文。我将利用那些文字为本文打开思路。

首先要说的是,我不是作家,也不是文学评论家。因此,我不会将自己浸淫在关于阿戈什蒂纽·内图诗作的各个方面——诸如审美、形式、内容、文学技巧和修辞等价值的评论当中,对于这些我也知之甚少。在安哥拉内外,有无数学者和文学评论家,凭借其专业素养和学界影响,投入到对阿戈什蒂纽·内图诗歌的分析中去。并且,毫无疑问,今后还将涌现出更多。

怀着恭敬之心,我想引述塞萨尔·维雅纳的句子,它是如此契合我的心意:“这些思考折射出一种面对诗人时的个人态度。即对于诗人和其作品的崇敬之情,这些作品足以使诗人脱颖而出,并流芳百世。”①我也是阿戈什蒂纽·内图的崇拜者,他既是思考家,又是行动者,集诗人与政治家为一身。因此,我欣然提笔,为其诗作书写几行简陋的文字。

我要缩小一下我的欣赏范围,将焦点集中在阿戈什蒂纽·内图诗歌的战斗性以及所传递的信念上——唤起其民众及全世界民众斗争意识的信念;信仰及希望的信念;关于全人类之间的爱、手足情深、休戚与共以及和平的信念。

阿戈什蒂纽·内图属于他的时代。无论是在罗安达,还是在科英布拉、里斯本,他从很早就属于那些青年知识分子的群体,为他们各自的祖国——当时葡属殖民地的未来而忧心忡忡。如同法国、英国、比利时、荷兰、西班牙及其他所有殖民国家一样,葡萄牙的殖民统治者宣称其文化高等于殖民地文化,而从一开始,这些年轻人就试图拯救被毁坏、被诋毁的祖国文化。“发现安哥拉”运动和《信念》杂志的创办,曾经照亮了那个时代。

除此之外,必须要做的是揭露被殖民者的屈辱生活:虐待、私设牢狱、肆无忌惮的剥削、掠夺土地、强迫劳动、卖身契、饥饿、灾难、文盲、流亡。

被殖民者(无论黑人抑或其他种族)属于一种“低等”的文化,并且无权拥有历史:其历史开始于殖民者的到来,所有那些

① 赛萨尔·维雅纳,“阿戈什蒂纽·内图诗歌中的传福音”,见《同一种声音:关于阿戈什蒂纽·内图的文集》P449,MPLA 出版社。

以无畏的勇气反抗殖民占领、捍卫其人民和文化的领袖与无名英雄，都只不过是“野蛮人”、“强盗”，或者用更现代化的语言来描述——“恐怖分子”。

阿戈什蒂纽·内图的诗歌自始至终贯穿着这样的用心：赋予安哥拉文化（并引申为非洲文化）高贵的价值，同时揭露殖民地人民遭受的苦难，以及其土地和财富受到的掠夺。

年轻的诗人通过观察和与民众的接触，获得了大量滋养其写作的素材，并成为其用之不竭的创作源泉。我们来看看《卖身契》这首诗①，它也是诗人最早的一首著名的诗篇（1945年）：

沧桑的容颜刻画着
那饱受摧残的心灵

此刻，泪雨纷飞
黄昏如血
曼努埃尔
她的爱人
远赴圣多美
那遥远的彼邦

几时能还？
……
她心中光明隐匿

① 《神圣的希望》，第43页。安哥拉作家联盟，1977。

万念俱灰

黑暗中

唯有黑暗……

在这首诗里，阿戈什蒂纽·内图触及了一个惨痛的问题，被抓壮丁的壮年男子被强行运往圣多美，在那里的可可和咖啡种植园里从事劳作的苦役。诗中匿名的女子也许代表着所有的安哥拉妇女，甚至是所有的非洲妇女，“她们的儿子和丈夫出发了”（引用另外一首著名的诗）。她不知道远赴大洋的丈夫什么时候能归来（如果能有归来的那一天），出发就意味着死亡。没有希望，“她心中惟有黑暗”。而大自然似乎也配合着，来加剧女子的痛楚，“黑暗关闭了天地，也熄灭了她的心”，诗人这样写道。

在其他一些诗里，阿戈什蒂纽·内图将矛头指向奴隶制，提到载满黑人的船只将成百万的非洲男子运往北美、南美、荷属安的列斯，迫使他们在棉花、咖啡种植园和糖厂做奴工：“被卖 /被装进货车里辗转……/遗失了祖国 / 连同活着的信念”①；对强迫劳役和所谓的“土著税”，诗人写道：“搬运工的队伍 / 蜿蜒在公路上 / 脚步匆匆 / 脊梁之上 / 不堪重负”②；“公路上 / 黑人搬运工的队伍 / 在木薯块的重压下踉跄呻吟”③；

① “老黑人”，《神圣的希望》P78。安哥拉作家联盟，1977。

② “雇工”，同上，P71。

③ “诗歌之外”，同上，P60。

"她在午夜的菜市场叫卖 / 因为儿子在公路上 / 急需十万雷伊斯 / 来缴税"①;写苦难:"木棍支起铁皮 /搭在地上 / 就成了栖身之所 // 破衣烂衫勾勒出 / 隐秘的风景…… //未老先衰 //暗夜里,一张草席裹身 / 就足以使他 / 满足地 / 死于饥饿"②;写屠杀和酷刑:"当大西洋 / 藉着时间的力量 / 将尸首归还于岸 / 泡沫洁白如花,将他们挟裹"③;"旁边 / 有人呻吟 / 血 / 沿着被夹裂的指甲淌下"④。

我们可以继续列举葡萄牙(以及整个欧洲)殖民者的这些丑行,但是到此为止。

内图揭露殖民统治的目的还在于向他的人民(以及非洲和全世界受压迫者)传达需要变革的信息,宣扬必须结束被殖民枷锁强加的痛苦,并且传达实现这一目标的可能性。它必须通过"坚强有力和智慧的行动"来实现,通过武装斗争,通过革命战争。若非如此,殖民主义不会垮台。需要斗争。为胜利而斗争,为改变世界而斗争。

这是阿戈什蒂纽·内图生活和文学作品里的另一个方面。一些学者从这里窥到了内图诗歌的"传福音"精神。

赛萨尔·维雅纳写道:从本性来讲,"传福音"是宣传新生和活力,有着批评和创新的力量。批评过时和失效的事物,并超越它们,以此来实现更新和进一步的变革。从这个意义上,内图诗歌中传递的信息被称为"传福音"是当之无愧的。这位

---

① "菜市场的午夜",《神圣的希望》,P59。安哥拉作家联盟,1977。

② "西方文明",同上,P63。

③ "圣多美大屠杀",同上,P96。

④ " 囚室之夜",同上,P119。

作者接下来说："阿戈什蒂纽·内图诗歌中的信息，可以被'传福音'一词来注释。"①

阿戈什蒂纽·内图在《致所有人的诗》里写道②：

为什么悲泣
难道为了等待
别人的慰藉？
……
悲泣已使世界疲倦
业已让我们自己厌烦
……
但是看看你的周遭
睁开双眼
——君可见
世界在那里
让我们建造

未来的自由独立斗争领导人指出了道路：建设一个新世界。

怀着手足情谊和团结一致的精神来建设一个新世界。如果育加尼单的百姓继续带着殖民主义的枷锁，遭受着各种形式的压迫，即使我们自身拥有自由，享受好的条件，又有什么意义

① 赛萨尔·维雅纳，"阿戈什蒂纽·内图诗歌中的传福音"，见《同一种声音：关于阿戈什蒂纽·内图的文集》P445，MPLA 出版。

② 《无法放弃》，P59，INALD 出版，1985。

呢？诗人在《诠释》①一诗中问道：

玫瑰的芬芳
生活的写意
与我何干
如果我的兄弟们忍饥挨饿？
……
我用全部身心
坚守
不死的希望
去寻求
信念

1949年，未来的政治领袖阿戈什蒂纽·内图写下一首短诗：《在我的声音中》②，已经显示出对最终胜利的信念，尽管斗争中有重重的困难，甚至挫折。这是对未来的信念，因为他懂得人民不会屈服，其军队虽然会打一些败仗，但不会消亡。若干年后，成为安哥拉共和国总统的内图说道："我们是百万人，对抗无人反抗的百万人。"下面这首诗随后被引用：

在我的声音中我感到有一群人
在心中我感到整个世界

---

① 《无法放弃》，P40，INALD出版，1985。
② 《无法放弃》，P51，INALD出版，1985。

在我的臂弯中拥有一支军队

人群缄默
世界迷失
军队落败

但是缄默的人群没有死去
落败的军队没有消失
而心中依然相信

明天
不是幻梦。

“传福音”的信息出现在阿戈什蒂纽·内图许多其他的诗篇里。比如,《用不流泪的眼睛》①和《我们一定要回来》②。但是最明确表现出诗人对最后胜利所抱有之信念(我们已经可以称之为政治信念)的诗是《升旗》③,该诗写于1960年8月,在里斯本阿尔如贝监狱里;诗人明确指出该诗“献给安哥拉人民英雄”,在此我只引用最前和最后的两句诗:

当我归来
……

---

① 《无法放弃》,P89,INALD出版,1985。
② 《神圣的希望》P133。安哥拉作家联盟,1977 。
③ 《神圣的希望》P125。安哥拉作家联盟,1977。

所有人都努力把自由的旗帜

高高升起。

简要地讲，阿戈什蒂纽·内图在诗中还多次提到，全世界被压迫人民为尊严和解放而战时，应该拥有国际主义团结一致的精神。诗歌《滴血的声音》①(1948)和《巴马科》②(1954)可以证实我这一解读。

在诗人的政治行动里，这种受压迫人民团结一致的理想主义是一个永恒的主题。在已经成为独立的安哥拉政府元首后，阿戈什蒂纽·内图说过："在津巴布韦、纳米比亚和南非，我们的斗争在继续。"

阿戈什蒂纽·内图一向关注二战后的政治和社会变革，关注历史的新风向，在科英布拉、里斯本的大学生中间开展了政治和文化活动(帝国学生之家)，参与葡萄牙进步组织(科英布拉的"雅典娜"、葡萄牙共青团)，也积极活跃在朋友圈和一些葡萄牙殖民地国家的学生中间，这些使他数次被萨拉查政府臭名昭著的政治警察机构 PIDE 逮捕入狱。

我认为内图诗歌的内容得益于这些政治活动。在揭露了殖民者的罪恶后，内图希望唤醒民众"沉睡的意识"，为其注入希望、信仰和对奴隶制消亡的信念。内图有些急不可待：

这历史迟缓温吞

---

① 《无法放弃》，P41，INALD 出版，1985。

② 《神圣的希望》P98。安哥拉作家联盟，1977。

我已失去耐心等待
当公义被迅速扼杀
狱中挤满因抗暴而获罪的青年
被折磨直至死亡

结束这温吞的词语和手势
……
开始智慧并强壮有力的行动吧
以牙还牙，以眼还眼
兵来将挡
为人民解放而战的群众武装
掀起果敢的战役
掀起风暴来打破这消极凝滞①

这就是诗人—政治家！这就是“被期待的”那个人！在该诗问世的1960年，内图在阿尔如贝监狱急迫地开始了斗争。然而内图不仅限于指出斗争的必要性。从医科毕业不久的内图表明了参与的愿望，在其诗歌《生日》里这样写道：

这些使我们震惊不已
栗栗惶恐。

然而世界在建造

① “快”，《神圣的希望》P130。安哥拉作家联盟，1977。

世界在建造。

而我们的医科毕业生
也将要建造!①

内图的诗歌就是这样,根据其争取安哥拉独立的政治理想,将安哥拉人民乃至全世界受压迫人民的解放、国际主义团结一致的精神明显地传递出来,还有谁会再怀疑这一点吗?

内图是一位专职的诗人,时刻准备为争取独立而与人民并肩作战,并准备领导这场斗争,还有人会犹豫着来确认这一点吗?我相信,这是毋庸置疑的。他的社会、政治经历和政治理念决定了其诗歌中蕴含的伦理。

“触摸阿戈什蒂纽·内图的诗作意味着接触一种文学的脊梁:一种以反殖民斗争为使命的爱国主义文学。”②几内亚比绍的杂文家马里奥·桑托斯评论道。

若奥·马伊摩萨总结道:“阿戈什蒂纽·内图的诗歌是解放的诗歌。”③得到作者的首肯,我冒昧补充:“是解放的诗歌,因为是战斗的诗歌。”

毫无疑问,阿戈什蒂纽·内图是负有使命的诗人,也是在人民解放和自由斗争中负有使命的政治家,这一点在意识形态

① “生日”,《神圣的希望》P82。安哥拉作家联盟,1977。

② 马里奥·桑托斯,“40—60年代安哥拉的社会历史背景与阿戈什蒂纽·内图的诗作”,见《同一种声音:关于阿戈什蒂纽·内图的文集》P445,MPLA出版。

③ 若奥·马伊摩萨,“阿戈什蒂纽·内图诗歌中的希望之路”见《同一种声音:关于阿戈什蒂纽·内图的文集》P445,MPLA出版。

上作出了保证。他的诗是抵抗的诗。如此，在时代的条件下预见了未来。

从意识形态的承诺和对抗殖民的暴力行动党派的角度，阿戈什蒂纽·内图与黑人文化运动、艾梅·赛泽尔、戴维·迪奥普和桑戈尔之间存在着分歧，尤其是与最后这一位的领导方针之间。

桑戈尔和内图在其诗歌和散文（文章、演讲和杂文）里都提倡非洲文化的复兴。但是，如果说内图是向前迈进了一步，指出与殖民奴隶制斗争并将其摧毁的必要性，唤醒群众信念、推动暴力革命，并宣扬必胜的信念，那么桑戈尔则恰恰相反，他停留在对非洲文化的捍卫，并且认为，要结束殖民统治，需要在被殖民者和殖民者间建立一种理解，而殖民者将继续拥有其霸权地位，这完全是为新殖民主义敞开了一扇门。内图作为革命派，否定了保守派的桑戈尔。这两种迥异的政治—意识形态立场将为两者诗歌思想打下深刻的烙印。

这里涉及哲学家和学者们争论不休的一个话题：艺术家应该将其作品集中在审美的范畴，还是相反，应该关注自身所处的环境，审视发生的事件，揭露某些现象并在此获得其创造的灵感素材。为艺术而艺术，只是考虑审美，不倦追求美，还是有担当的艺术，为民众服务？

我的观点是：阿戈什蒂纽·内图在其诗歌创作里，将思想性置于审美之上。其全部诗篇传递着一个信息：揭露殖民社会的罪恶；还殖民地人民以尊严（安哥拉人民、非洲人民以及“全世界所有的非洲人”）；唤醒“沉睡的心灵”；呼吁解放战争；传递必胜的信念。内图在揭露之后动员一种对丑、恶的改变，向发展和人类进步的方向前进。刚才提到阿戈什蒂纽·内图诗歌的“传福音”，这就是！

我还想谈一下阿戈什蒂纽·内图一些诗作中明显的“弥赛亚”风格。我们先看一首著名的诗：《告别的时刻》①：

我的妈妈
（所有与儿子分离的
黑人母亲）
你教我等待
如同你在艰难岁月里的等待

但是生活
扼杀了这神秘的期盼
我已经不再等待
我就是那个被等待的人

在此，阿戈什蒂纽·内图毫无掩饰地表明，自己是救赎民众的必要战争的领导者。注意副词“已经”：放弃等待，因为生活驱使他放弃了等待的神秘主义。因此，他拒绝了圣经式的另一种姿态。厌倦了等待，想要出发“寻找生活”。他将此付诸实践！只有这样，“茅草屋里赤裸的孩童/踢着破布足球的失学孩子……/在咖啡田里焚烧着生命的卖身工/无辜的黑人……/踉跄扑倒的醉汉……/他们的孩子/饥渴/交加……”所有人都可

① “告别的时刻”，《神圣的希望》P41。安哥拉作家联盟，1977。

以“唱响自由的凯歌”来“庆祝废除奴隶制的日子”。

领导解放战争来争取独立，阿戈什蒂纽·内图将这一决定视为自己的使命，毫无虚伪的谦逊和倨傲！他理解自己的作用，在建设新世界——一个正义、协调，充满爱、和平、兄弟情谊的世界的征途里。而诗人只索取“自己的一片面包”，在《信心》①一诗中写道：

无垠的生活并非虚度
跌宕起伏的戏剧从中孕育
而信心亦由此而生：

我的双手为世界
奠定基石
我应该得到我的一块面包。

诗人也不追求荣誉。当写作“不要请求我微笑”②（1949年）时，离开始安哥拉独立武装斗争距离尚远，内图感觉自己是“为人道而战的无名小卒”。因此他不要荣誉，也不要光荣。在同一首诗中他写道：

我隐身在生活中
而野生的荆棘丛里

① “信心”，《神圣的希望》P73。安哥拉作家联盟，1977 。
② “不要请求我微笑”，《神圣的希望》P76。安哥拉作家联盟，1977 。

隐藏着

我的必经之路

我必定追寻这道路

并跋涉其间

不计代价

这样

在新的史册中

你将看到我

头戴棕榈之冠

诗人内图，政治家内图：这两个纬度将其载入安哥拉、非洲乃至全世界伟人的“新的史册”。“对正义的饥渴”使他成为一个幸福的人，因为“他集祖国与人民的爱与一身”①。

你值得你的一块面包。你值得安哥拉人民和世界人民对你的怀念和荣誉。值得胜利之将的光荣。

这棕榈之冠与你是多么相称，我的诗人朋友！

罗安达，2008 年 12 月

若昂・萨拉伊瓦・德・卡尔瓦略

解放斗争将军

① “囚室之夜”，《神圣的希望》P119。安哥拉作家联盟，1977 。

原序二

作为历史文献的阿戈什蒂纽·内图诗歌

——领导者的预感、全国解放的计划及人民运动的组织，1945—1956

比勒斯·拉蓝热拉

(Pires Laranjeira)

生活/扼杀了这神秘的期盼

——《告别的时刻》

我已经不再等待/我就是那个被等待的人

——《告别的时刻》

欲望，潜藏在人心里/渴望沸腾，竭尽全力/为了使大写的人/在每个人身上重生/……然而，英雄的旗帜/终将迎风招展/在被奴役的心灵里，/永不停息

——《棚户区的星期六》

阿戈什蒂纽·内图的《无法放弃》是部未发表的诗集，在作者身后的 1982 年，由玛丽亚·埃乌热妮娅·内图、达里奥·德·梅路和安德鲁·德·阿布列乌筹划组织，INALD 出版社出版。除了"文学财产"，该书收入的还有历史文献和历史。内图属于为这个国家和大洲在"世界的基石"上奠基的人。需要注意的是，组织者们强调内图的诗作是"历史文献和历史"。对我

而言，这一观点不是种比喻，而有其准确的含义。

阿戈什蒂纽·内图诗中重要的一部分是历史文献和历史，记录下了1945—1956年安哥拉人民解放运动的资料，显示出作者在思想、文学、政治方面理论与实践的密切关系。诗歌在历史的基础上，辅助证明了安哥拉人民解放运动的起始阶段是1945—1956年，也就是在1956年成立了“安人运”(MPLA)。文本固有的历史特点，以及其前瞻性、合理性和创造性记录下了在“安人运”前期——1956年之前全国解放人民运动的历程，以清晰的方式表明了其作者的领导能力。根据阿戈什蒂纽·内图早期散文中的理论，他的诗歌中融入了对一场“人民运动”、对成为政治领导者以及对形成旨在独立解放的社会组织的渴望。内图的诗文艺地表现了棚户区(贫民区)民众的渴望和愤怒，从社会的角度分析了历史，揭示出人民的心愿、变革的渴望和希望，预计了形成一场全国人民解放运动的客观条件，同时将这富含审美意义的文本变成了社会和历史的见证，这见证始于文字，也在其社会和政治实践当中，然而这见证在1956年之前被伪造，正在“安人运”成立的这一年，而不是更晚，一些修正主义理论试图使人们相信这一点。

《神圣的希望》一书中，内图写下了最关键的句子——“我是那个被等待的人”，这是一个前瞻性的论断。安东尼奥·嘉新托或者维里亚多·达·克鲁士都写不出这样的句子，也没有写出像内图这样诗歌的条件，同时也是因为他们都不是黑色人种的缘故，没有现实、思想、理论和文化方面的条件。因此，他们无法写出这样的史诗，来揭示民众的苦难、渴望和革命潜力。从文艺和思想方面，他们可以写出一些革命诗篇，但不是内图这样的一整个系列。历史证明，内图的诗句不仅仅是为所有怀着理想的集体主义、并准备好为他人服务的"那些人"代言，——"我就是那个被等待的人"，可以理解成是任何一个负担着捍卫新的祖国"安哥拉"的普通人，说的也是诗人自己——内图，是"那个"可以被等待、一直被等待的人，既是推动者也是被推动者，激活曾经"神秘"的希望，把它变为现实和真实，而诗人则是政治领导者，甚或政治领导者的领导者。维里亚多·达·克鲁士、安东尼奥·嘉新托、马里奥·平托·德·安德拉德和阿戈什蒂纽·内图这四位安哥拉主要的军人知识分子同属于"消息"这一代人，事实上，如果比较一下他们的生活经历和政治生涯，我们可以得出以下结论：内图是唯一一个能最大程度代表黑非洲文学的人、一个社会和种族的潜在代表，其诗作代表着安哥拉人民和具有历史意义的集体史诗般的记忆，而没有夸张的理想主义、善感主义或混乱的立意，就像其本人在诗歌《我青春的绿棕榈》里所表述的那样。那么，是否存在一个弥赛亚、一个普罗米修斯的阿戈什蒂纽·内图，一个安哥拉的摩西？在那首《告别的时刻》里，可以很清楚地看到，神秘的宗教希望已经不能再安慰殖民地的民众，他们亟需一种新的信念。接下来，诗句"我就是那个被等待的人"，可以被解读为作者的个人信念，这是建立在对安哥拉社会的具体分析之上的，而作者身上也聚集了成为解放斗争领导人的条件。从某种意义上，与其女伊莱娜女士所言相反，他不是一个安哥拉的摩西。

这样的句子（以及诗歌）表达的是史学的可能性，不能仅仅作为诗歌，以审美的角度来欣赏，而单纯理解为"被等待的那个诗人"。社会学的诠释也不尽然：我就是那个读者等待的写出文字的人。这不是隐藏在一种阅读机制中的文学上的弥赛亚或者普罗米修斯，因为内图的诗歌里不允许存在一种欺骗、伪装或拼凑的后现代主义话语。他的诗歌里蕴含一种政治、意识形态和历史的参与研磨出的战略，目的正在于推动转变历史的航向。历史充满了模棱两可，可能性和真实混杂不清，而社会和诗人个人历险的结果融入了诗中，被记录在这文献里。因此内图的诗歌有记录历史真实的能力。一方面，心理、社会和文化表达能力；另一方面，参与历史的能力，同时也是其作者标志性、象征性、参考性和范例性的特点。除此之外，在其写作的时代，从被殖民者的角度，没有足够的专业历史文本，而这些诗歌可以同时作为历史的双重记述，或者说，作为历史记述，评估过去的历史状况，同时展示了主体的主观性：长时期的历史记述，文化和情感的历史的白描。

在《无法放弃》一诗中，诗人挑战由白人集体建造的话语权："你们可以撰写一部新的历史……/非洲是你们的独创。"借助反讽，阿戈什蒂纽·内图表现出认识到历史需要由安哥拉人重新书写的意识，但是，在重新书写之前，需要自身的变革，需要有安哥拉人（以及非洲人）的广泛印记，需要解放斗争所需要的迫切的角色意识。诗歌《无法放弃》(1949)参与了 50 年代之前反殖民的话语浪潮，表达了一个主体的认识：全国解放的最高斗争需要一种新的形式，并且只有这种形式，才可以打破生活在无望拥有社会和历史自主权的民族里的、无法控制其文化未来的知识分子阶层的僵局：

我的位置设定在

战场

来征服丢失的生活

我是。我存在

我的双手为世界

奠定基石

我有权力获得我的一块面包

我是人类

正面的价值

我不会隐退

永不隐退！

内图在这里重引了《信心》一诗中的句子，表明是黑人和非洲后裔的劳动帮助建立起了人类社会的基石，明确了黑人作为社会良心和历史主角的存在，为“黑人问题”根本解决的前景做出了贡献。

内图没有使用大量比喻来达到修辞上的华丽效果。他所使用的任何一个意象、比喻或象征都为确立一种行为、一种渴望、一个细节，并且暗示出，在那混乱的时期，历史、政治和社会环境对知识分子和政界的一代人的要求，表明他对自己及其他伙伴所赋予的责任，即聚合对“组织”的愿望，来领导并推动民众参与到全国和社会的解放运动中来。内图首先抓住殖民地人民生活不同环节的社会状况和心理“焦虑”，挑选那些压抑集中的时刻，比如星期六（见《棚户区的星期六》）下午和晚上休息的时候，体现聚会的场景、压抑的感情与愤怒的释放。这样，他通过对社会压力集中的举例，分析出这是黑人民众无法承受的悲惨生活条件的结果。黑人的特殊情况使得他们成为一个勤劳、贫困、受压迫、被离间和被迫忍受的人群。内图既特别描写了身体、物质生活状况（醉酒、卖淫、贫穷），又揭示了文化状况（向巫师请求“保住饭碗”，或占卜孩子的肺炎是否可以痊愈），在这些被揭露的问题里，隐藏着一个尚未明晰的解决方案，而最终，一些思想比想象中更加明确地被表达出来。这样，“萎靡不振的人群”/“空茫度日”，带着他们“被奴役的心灵”，“渴望沸腾，竭尽全力/为了使大写的人/在每个人身上重生”；如同在题记里我所引用的，诗人以另一种方式诗意地肯定了一些人以及所有人准备并参与一个新的组织，开始解放和全社会变革的进程。如此一来，“被奴役的心灵”的整体成为一个社会空间，有利于“英雄的旗帜”中爱国主义和自由斗争的成熟和开花结果，从而演变成有组织的人民运动。

与《棚户区的星期六》一样，在同样作于1948年的《老黑人》里，流露出明确的对独立的渴望。“英雄的旗帜”/“在被奴役的心灵里”，以及为了人类的变革“竭尽全力”，在后殖民社会的殖民地社会里，这只有通过颠覆殖民制度和建设安哥拉独立国家才能实现。事实上，诗歌里的那个老黑人代表了所有的黑人，“丢失了祖国/和活着的概念”，这意味着，在1948年，殖民地人民，尤其是被殖民主义和无尊严的苦役损害最深的民众，自身的身份认同被物化和扭曲，强行输出的葡萄牙宗主国地位成了行政和思想统治的工具，从而剥夺了公民自决权。诗歌揭露了安哥拉人民的政治、经济和社会现实，表达出一种“沸腾的愿望”，即人民运动的历史条件已经具备，并准备好接受“那个被等待的人”的领导。与任何弥赛亚、神圣天赐、摩西或神秘的普罗米修斯不同，这是对现有力量、斗争和组织能力的分析，并诗意地、历史地表达出人民运动拥有的力量，指出应该通过有效的战略来引导。这些诗中没有任何随意、抽象或标新立异的为美而美。所有的语句与一种不可分割的知行合一体系紧密相连，这是一种有逻辑的、组织严密的体系，没有出场的仅仅是一个明确的短语：人民运动。然而，这个缺席的短语存在微妙而模糊的意义，而社会个体与群体具体的行为和痛苦引出了另外的显著的精神存在，孕育了广阔而真实的人民运动，从 40 年代开始出现理论准备、组织和形成，并随着 1956 年政治组织“安人运”的建立而达到顶峰。

对于安哥拉人民政治斗争的主要目的，阿戈什蒂纽·内图有着清醒的认识：国家解放。他在《无法放弃》一诗中肯定了这一主要目的；马里奥·平托·德·安德拉德在 50 年代初将此诗抄在了一个本子上，后来由 Michel Laban 出版。在这首诗中，诗人对殖民主义者表达了非同寻常的轻蔑，指出他们可继续对无产者的剥削，以“社会主义或资本主义”的体制，“贵族或豪门”这一切都与诗人无关。类似的，同样以反语的形式，劝慰他们可以继续其独裁或者民主，并推断出被殖民者和黑人的斗争有着爱国主义的性质，而非无产阶级性质，独立于白人无产阶级的斗争之外。解读这些诗的一种方式是将其认作是黑人问题的发展过程中泛非洲主义的影响，在这首诗歌里，引向一种种族隔离，一种由全世界的黑人发出的悲泣，行文中强调了反语的形式，以主体接近夸张的愤怒和反叛，表现出这些诗行与白人无产阶级的斗争没有任何一致之处，传达了一种非马克思主义的立场，目的是有利于非洲人的解放，而不仅仅是安哥拉民众自身。从另一方面，鉴于这些诗在作者生前从未发表过，我们可以设想，如果出于本人的愿望，可能永远不想发表这些诗作，或者会以另一种版本面世。然而，通过对这两种版本的认识，我们可以假设的是，至少在 1949 年，国家解放斗争的关键时刻，也就是创作这些手稿的时期，阿戈什蒂纽·内图犹豫是否以诗歌的方式对抗帝国主义、殖民主义和白人世界的全球性，这对抗中也包含着对白人无产阶级的无动于衷，而这种犹豫也许是由于更倾向于全国解放斗争，而非阶级斗争。从另外的方面，在 1949 年，当倾向于安哥拉全国解放斗争时，将其纳入了复仇和种族问题（泛非洲主义）的框架，并将其自身形势融入支持葡萄牙国内反对葡萄牙法西斯主义的政治斗争中去（作者自身也曾是站在反葡萄牙法西斯阵营里的军人）。这一立场在反殖民斗争的内部带来了极端的后果，为全国解放前线斗争内部和制裁种族主义做出了贡献。阿戈什蒂纽·内图于 1958 年和葡萄牙白人女子玛利亚·埃乌热内亚·内图成婚，为种族间的相处奉献了一个个人的范例。1959 年，出于偶然，或者做为上述事件的补充，在其个人和别人（比如若泽·克拉维里亚或弗兰西斯科·若泽·坦雷路）的诗作里，提出了当前的趋势为黑人问题，但是之后在里斯本“帝国学生之家”的一次会议中被否认。还要补充的是，在 1949 年，成为安哥拉解放人民运动思想领袖的“安哥拉新知识分子运动”吸收了黑人、混血人种和白人。可以说，从 40 年代末到 50 年代初，内图的诗歌成功地调和了泛非洲主义、黑人问题、爱国主义和马克思主义。

在诗歌里，内图是社会学家、经济学家、思想家、人类学家、历史学家和先知。其诗歌价值在于经验上的支持，在于其科学性、描述性、文献性、分析性及对话性，在于其主观性和完整性，而这一切都成就了其历史的客观性。通过诗意地分析其人民客观的、物质的和精神的生存环境，触及最清醒的一部分人寻找变革运动领导者的希望，内图在综合的叙述中，客观地刻画了人民解放运动的领导者，即在这场混合着渴望、痛苦、希望和现实的反叛中思想和行动的领袖，也即是他本人和其他政治与文化的领导者，以及千百万创造了和继续创造着安哥拉历史的人民大众。

科英布拉/隆得里那（巴西帕拉那），2007年8—9月

比勒斯·拉蓝热拉

科英布拉大学文学系

葡萄牙文学中心

LIVRO I SAGRADA ESPERANÇA
第一部　神圣的希望

ADEUS À HORA DA LARGADA
告别的时刻

我的妈妈
（所有与儿子分离的
黑人母亲）
你教我等待
如同你在艰难岁月里的等待

但是生活
扼杀了我心中这神秘的期盼

我已经不再等待
我就是那个被等待的人

我就是希望，妈妈
我们就是希望
你的儿子们
出发去寻找可以滋养生活的
信仰

今天
我们是茅草屋里赤裸的孩童
是在正午的沙地上

踢着破布足球的失学孩子
我们就是在咖啡田里焚烧着生命的卖身工
是必须要尊敬白人、
畏惧富人的
无辜的黑人
我们是生长在黑人街区的
你的孩子
在那电灯照不到的地方
踉跄扑倒的醉汉
在巴图克①死亡的节奏中被遗弃
你的儿子们
饥渴交加
耻于开口喊你母亲
不敢穿过马路
羞于见人
这就是我们

然而明天
我们将唱响自由的凯歌
我们将庆祝
这奴隶制消亡的日子

我们将去寻找光明

---

① 一种伴打击乐的非洲舞。——译者注，下同

妈妈，（所有与儿子分离的
黑人母亲）你的儿子们
将去寻找生活

PARTIDA PARA O CONTRATO
卖身契

沧桑的容颜刻画着
那饱受摧残的心灵

此刻，泪雨纷飞
黄昏如血
曼努埃尔
她的爱人
远赴圣多美
那遥远的彼邦

几时能还？

水天交接处
落日与孤舟
共沉
于海
黑暗闭合了天地
也熄灭了她的心

漆黑的天幕上没有光亮
星辰消失

人间一切阴影笼罩

她心中光明隐匿
万念俱灰

黑暗
唯有黑暗……

1945

SÁBADO NOS MUSSEQUES
棚户区的星期六

棚户区，卑微之人的
卑微居所

星期六到了
与那里的生活即刻混为一体
这生活是绝望
是希望，是隐秘的欲望

这欲望隐藏在
人与物的存在里

存于一轮满月里
它替代街灯
为众生照明
贫困与月光
多么完美的联姻

欲望
潜藏在喧嚣里
在酒精的刺鼻气味里
弥散在空气中

疼痛与快乐交织成呐喊
汇成了奇异的交响

欲望
在穿警服的男人那里
他们侵犯同类
拳打脚踢
直到头破血流
他们虐待他人
他们以此为乐

其他人则避免路过
人们被“警棍”击倒的地方
他们绕道而行
逾墙而走
哪怕踏上荆棘
踩上被顽童掷碎的
玻璃碴
划破赤裸的双足
当丈夫平安归家
每一位妻子抚胸长吁
如释重负

欲望
潜藏在找乐的士兵那里

他们埋伏在腰果树的阴影里
等着冒失的行人自投罗网

不时传来
疼痛的哀求声
它刺破耳膜
令人不寒而栗
惊恐的脚步四散奔逃
放纵的群伙发出大笑
之后
只剩下无言、不解、眼泪和仇恨
还有皮带抽打留下的
皮开肉绽

欲望
潜藏在匆忙而过的
寻欢作乐者心中

欲望隐藏在一个人的身上
他隐身于黑暗角落
强暴着一名儿童
他会用钱财使父亲缄口
而那孩子
终有一天
将诅咒命运

欲望升腾在
小酒馆的喧哗里

　　干亲们无耻地争论着
　　一笔十万雷伊斯的旧账
　　周围一片交头接耳
　　窃窃私语

欲望
钻进女人们的心头
她们丢开男人
去窥听女邻居河东狮吼
咒骂丈夫的贫穷

　　歇斯底里的哭喊
　　不绝于耳
　　桌翻椅倒
　　气喘吁吁
　　打翻的搪瓷器皿
　　痛苦地叮当作响
　　众人冲进房门
　　用怨恨将她驱逐
　　之后又满脸堆笑
　　重归于好

欲望

在电影院的扬声器里回荡

摇摆舞曲从那里传出

歌者声嘶力竭

售票处一旁的

旋转木马

于梦幻的漩涡中拖拽起

串串灯红酒绿

同时

伴随着两千五百名

伙伴与孩童的交易

欲望

在传递着思念的鼓声中跳跃

做苦役的奇奥科人[1]击打着巴图克

鼓声震颤，在露宿工地上不绝回响

　　没有边界的伦达

　　装点着混乱的渴望

　　织就的低语

欲望

① 奇奥科(quioco)：居住在安哥拉及临近一些非洲国家的一个黑人种族。

藏身于卑微的孩童心中
他恐惧奔逃
躲避街头的警察

欲望
于中提琴的弦间低诉
隐约有桑巴舞曲唱起
委婉，慵懒
空气中却弥漫着
于悲泣中爆发的渴望

　　声音中
　　传来思念的呼喊
　　思念那些无法企及的日子
　　思念自由的时光
　　而夜晚
　　饮尽他们对生活的渴望

欲望
是深夜里倒伏于路边的
醉汉

欲望
是放声疾呼的母亲
寻找着失踪的儿子

是买醉的女人

是求助巫医
以求保住饭碗的男人

是向巫师讨要神药
以求留住男人的女人

是占卜求卦的母亲
担心着在破旧的铁皮屋里
经受肺炎的女儿
是否
能够逃脱劫难

欲望，
在向我们的圣母
祈求悲悯的
女人们身上
她们在家中祷告
　　当她们念诵经文
　　有醉汉在街上便溺
　　倚着墙壁
　　隔着百叶窗听到
　　祷告
　　他们边远离

边取笑

欲望在卡组库塔舞
的舞步里
煤气灯或台灯亮起
漆成蓝色的舞厅
尘埃飞扬
汗味弥漫
扭腰摆胯
声色犬马

欲望
在欢笑和哭泣里碰撞

在智者
和茫然无知者身上并存

欲望
流动在人头攒动的
舞池里
顷刻之间
男友对女伴发难咆哮
谩骂声不绝于耳
事态延伸到街上
警察吹着警哨赶来

欲望

隐藏在木棍支架上

摇摇欲坠

勉强支撑着沉重的锌皮屋顶

隐藏在粪味浓重的

农田里

在油污肮脏的家具上

在千疮百孔的床单上

在没有床垫的床上

欲望

潜藏在萎靡不振的人群里

空茫度日

潜藏在人心里

渴望沸腾，竭尽全力

为了使大写的人

在每个人身上重生

而希望

再不会幻灭成

人群的叹息

生活本身

催生更多的意志绽放

在过路者渴望的眼神中

贫民区的周末
混合着夜色
掺着神秘的渴望

然而，英雄的旗帜
终将迎风招展
在被奴役的心灵里，永不停息。

1948

CAMINHO DO MATO
荆棘之路

荆棘之路
人的路
疲惫的人
噢噢噢-哦

荆棘之路
酋长的路
大酋长
噢噢噢-哦

荆棘之路
黑人女孩的路①
美丽的黑人女孩
噢噢噢-哦

荆棘之路
爱的路
酋长之爱
噢噢噢-哦

---

① 原文中此处的用词是常见的对黑人女孩的称呼。

荆棘之路
爱的路
黑人女孩之爱
噢噢噢-哦

荆棘之路
鲜花之路
爱之鲜花。

CRUELDADE
残暴

所有人都落入了
他们在角落里设置的
陷阱

突然
街区舞会结束了
黑暗中的面孔变得更加黑暗

所有人都问被捕的理由
无人知晓
谜底只在最后一刻揭晓

发不出叫喊的死亡
唯有沉默
女人们开始哭泣

惊恐的心中
埋藏着神秘的理由

从灯火通明的城市
传来了阵阵哄笑

带着残忍的阴暗

此类事情频频发生
司空见惯
夜的寂静中
桑比赞达的棚户区传出一个声音：
　　这是一个黑人区！

COMBOIO AFRICANO
非洲列车

一辆火车
艰难地爬上非洲山谷
呼哧呼哧
迟缓如牛

呐喊，呐喊

努力不会白费
但也尚未成功

许多生命
使铺设铁轨的大地变得
泥泞
在三等车厢传来的喧哗里
被沉重的机器碾轧

呐喊，呐喊

努力不会白费

但也尚未成功

非洲列车

迟缓如牛，并且，凶残……

QUITANDEIRA
卖水果的女子

菜市场。

　　烈日炎炎

卖水果的女子立于无花果树的

浓荫下。

　　橙子！太太小姐

　　多棒的橙子！

光线游走于城市里

跳着明与暗的

热舞

生活则嬉戏在

焦灼的心头

玩着捉迷藏的把戏。

卖水果的女子

卖着水果

卖着自己。

　　太太小姐

　　橙子，多棒的橙子！

买甘甜的橙子吧
也买走我的苦涩
我的生活没有生命
只是一场刑罚。

买走我精神的童年
这玫瑰的蓓蕾
尚未绽放
就已经枯萎。

　　橙子，太太小姐！

含着泪的笑容
已经干涸
我已不再哭泣。

我的希望已成灰
如同我子女的血
被碾压在公路的尘土中
滴落在垦殖场的土地上
如同我的汗水
浸透了蔽体的布衣的
每一根纤维

如同我们付出的辛劳

让机器安全运转

让柏油路整洁光亮

让楼房拔地而起

让富人们舒适无比

让城市中欢笑洋溢

而我

艰难重重

困于生计。

去吧橙子们

我痛饮烈酒

一醉方休

我委身宗教

只求麻痹

我麻木不仁，苟且偷生。

我已被榨干。

甚至我的痛苦

我的裸露胸膛中的诗句

我把它们一并交付与诗人。

现在我出售自己。

　　买橙子吧

　　太太小姐！

带我到生命的售卖场上吧
我的价钱独一无二：
　　血。

或许，卖了自己
我才能拥有自己。

　　买橙子吧！

VELHO NEGRO
老黑人

被卖
被装进货车里辗转
被鞭笞
在都市里被私刑处死
被剥夺最后一枚硬币
被践踏如尘
永远，永远是失败者

被迫屈服
向上帝，向人类屈服
失去了自我

失去了祖国
连同活着的信念

破布裹身
被视为异类
从肢体语言到内心

衣衫褴褛的老黑人
在时间里被遗失

在空间里被分隔!

围腰裹着下体
精神也被深深地遮蔽
在空洞话语的寂静中
他们低声念叨:
　　可怜的黑人!

诗人称他们为兄弟。

1948

MEIA-NOITE NA QUITANDA
菜市场的午夜

　　来一百雷伊斯的尖椒
　　萨·多明卡斯。

在棚户区的菜市场
萨·多明卡斯夜以继日。

卖蔬果的女贩在等待
　　来五十雷伊斯的西红柿
　　三个托斯通[1]的腰果
　　一份椰子甜品
　　萨·多明卡斯

她在午夜的菜市场叫卖
因为儿子在公路上
急需十万雷伊斯
来缴税

太阳把萨·多明卡斯丢在了
菜市场，而她

---

① 货币单位。

又抛下了月光

一个托斯通
两个托斯通
三个托斯通
菜市场的萨·多明卡斯精疲力竭
但心更累。

PARA ALÉM DA POESIA
诗歌之外

在那地平线上
火光猎猎
映照出猴面包树
枝干高擎
棕榈树被焚烧,绿色的味道飘散于空

非洲之诗

公路上
黑人搬运工的队伍
在木薯块的重压下踉跄呻吟
房间里
混血女郎目光温顺
搽脂抹粉
衣衫褴褛的女人扭动着腰胯
男人在床榻上辗转反侧
为买吃饭的刀叉反复盘算

天空中映着火焰
也映着非洲舞者
双臂高擎

马林巴鼓炽热的节奏回荡于空中

非洲之诗

公路上的搬运工
房间里的混血女郎
床榻上的不眠男子

炭火燃烧着
燃烧着
这有着燃烧地平线的炽热土地

NOITE
夜

我活在
世界的暗处
没有光明，了无生趣。

我在大街小巷中
摸索前行
倚靠着我不成形的梦想
向往生存，又被奴役着
蹒跚而行

这是奴隶的居所
悲惨世界
阴暗的角落。

在这里，意志消融，
人如草芥。

在没有街灯的路上
我颠沛流离
这陌生的道路弥漫着神秘与恐怖
我与幽灵携手同行

夜色如漆。

CIVILIZAÇÃO OCIDENTAL
西方文明

木棍支起铁皮
搭在地上
就成了栖身之所

破衣烂衫勾勒出
隐秘的风景

阳光穿过罅隙
唤醒它的居民

之后，十二小时的
奴隶苦役

打碎石块
背运石块
打碎石块
背运石块
骄阳如火
大雨滂沱
打碎石块
背运石块

未老先衰

暗夜里，一张草席裹身

就足以使他

满足地

死于饥饿。

DESFILE DE SOMBRAS

魅影的游行

沿着我欲望织就的
万千小径
魅影的队伍探究着虚无；

他们于“不确定”中努力
前行
试图拥抱
“存在”的问号。

他们穿越了我，
以荣耀的姿态
拖着手铐和脚镣
面露愚蠢的微笑

他们是那些已经抵达
却未被看到的人

以及那些落魄者
在生活中被超越
在混乱中迷失了自己

还有一些后来者
正颤颤巍巍地
奔赴这前人已然踏足的世界

他们超越了我
我们彼此追随

　　我们在路上！

那些被麻醉的魅影
无知无觉
好似沙滩想要变成海浪
在生命的无垠中
生翅遨游
胸膛中感受船只的龙骨
破浪的冲击
一路收集着伤痛
收集着海难现场最后的叹息
然而最终还只能是沙滩
吮吸着海浪
于静止中观望
远方的喧嚣

魅影从时间中逸出
锁链碰撞之声丁零回响

使我焦灼期盼
对那些必将到来之人
我要展示这破碎的锁链
与他们分享我的渴望：
在这迷失的落魄者的队伍中
成为海浪

前赴后继
发出希望的咆哮
并质问死亡
何为生存

他们渐行渐远
他们渐渐靠近
我跟随自己
上路

1948

SOMBRAS

阴　影

我记起无人踏足之路
我听到悠远之音
来自那从未开启的歌喉
我忆起从未拥有过的幸福
我感知到一些从未活过的生命
在黑暗之地，我窥见了光明。

我是暗夜里的白昼
我是怀念的代言人。

怀念……
——怀念何事？何人？

从未目睹过日光
有何可堪回忆？

啊！
这种幻想症
这种凭空发明世界
人类、制度、光明的臆念！
在万事万物、封闭的道路和

漫漫长夜的黑暗中
晴天丽日，满目生辉

这虚无的怀念
疯狂透顶。

回到现实吧
梦想家！

他来了
目光低垂的
男子
衣衫褴褛
被无知和恐惧
压弯了腰

他不敢喊出渴望
唯恐惊扰了世界
这世界金玉其外
虚假的光亮刺痛双眼。

然而
在开普勒定律之前
他曾经是主人
曾经是智者

在勘探的马达轰鸣之前
他曾经无所畏惧

这同一个人啊
苦难深重，已判若两人……

我怀念他的光辉岁月
是的，怀念！

怀念你
在失落中歌唱着我的女子！

怀念你
在离散里歌唱着我的男人！

怀念你，我的兄弟
也怀念
向世界求索所有的非洲的自己。

SINFONIA
交响曲

暴烈的火舌吞噬着棕榈叶
噼啪作响

色彩
弥留
苦难

不光彩的战争之火吞噬着人类
遍野哀鸣

微笑
疼痛
苦难

人民光荣的斗争

壮丽的乐章
震撼我的心灵

CONTRATADOS
雇　工

搬运工的队伍
蜿蜒在公路上
脚步匆匆

脊梁之上
不堪重负

前行
望不到尽头
心怀恐惧
身躯健壮
笑容深藏

岁月漫长，人分两地
思念满怀
忧心忡忡
然而，他们歌唱

精疲力竭
劳作繁重
然而，他们歌唱

饱尝不公
却隐忍在心中
他们歌唱

抗争的呐喊
交织着心中的泪水
他们歌唱

前行着
他们消失在远方
在远方消失了那悲伤的骊歌

啊!
他们歌唱……

CONFIANCA

信　心

大洋将我一分为二
而我在世纪间渐渐遗忘
我出现了
时间与空间浓缩
与我合二为一

我的历史
呈现分裂者的悖论

当微笑闪现在
伤痛的角落
当双手建造着世界的辉煌

约翰被私刑处死
兄弟被赤身鞭笞
女人被堵住了嘴
而孩子继续蒙昧无知

无垠的生活并非虚度
跌宕起伏的戏剧从中孕育
而信念亦由此而生

我的双手为世界

奠定基石

我应该得到我的一块面包。

1949

ASPIRAÇÃO
向　往

在刚果在乔治亚在亚马逊
我凄楚的歌谣
忧伤悠长
依然回荡

月夜，我梦中的巴图克舞
鼓点依然铿锵

我的手臂依然
我的双眼依然
我的呐喊依然

脊背上鞭痕依然
被遗弃的心灵依然
交付给信仰的灵魂依然
困惑依然

而在我的歌谣之上
我的梦想之上
我的双眼之上
我的呐喊之上

在我隔绝的世界之上
时间凝固

我的灵魂依然
拨弦琴
马林巴鼓
中提琴
萨克斯
纵酒狂欢，节奏依然

我的生活
依然祭献给生命
我的希冀
我的梦想依然
我的呐喊
我的臂膀
依然支撑起我的向往

村寨中
屋舍里
城市的边缘
在铁路线的那一端
在豪宅里的阴暗角落
黑人们在低语：依然

我的希冀

化为力量

滋养那些绝望的心。

1949

NÃO ME PEÇAS SORRISOS
不要请求我微笑

不要向我索要荣耀
我脑海中仍在回响
战役中负伤者的
哀号

不要向我索要荣耀
我只是人类之中的
无名小卒

荣耀归于将军

我的光荣
是我遭受的
一切痛苦
我的笑容
是我流下的全部泪水

亦非笑容,亦非光荣

仅仅是筑路人的一张
饱经风霜的面孔

为什么一定要踏着
坚硬的石块
跋涉在艰难险阻的土地

一张忧伤的面孔
付出了无数徒劳的努力
——下午劳作之后，
再顽强的努力也精疲力竭。

头上没有桂冠
因为直到此刻，我尚未列入
人类光荣的史册

我隐身在生活中
而野生的荆棘丛里
隐藏着
我的必经之路

我必定追寻这道路
并跋涉其间
不计代价

这样
在新的史册中
你将看到我

头戴棕榈之冠

如你所愿
我终将向你微笑

1949

SAUDAÇÃO
致　意

向你，每一个黑人
我血脉相连的兄弟
**　　致意！**

让这讯息
成为牢不可破的纽带
将我与你的痛苦紧紧相连
也把你和我的理想脉脉相系

让我觉知到
作为迷失在丛林中的一个黑人
所经受的疼痛和喜悦
所怀有的对这暗淡世界的恐惧
并在他的追寻中，将我们相连

这讯息让我与你促膝而坐，
在周六的夜晚，在脏乱不堪的桌前
以遗忘孩子们的匮乏与饥饿
并与你一起
因为拿不出让他们果腹的面包
而羞耻

这样让我们一起耕种土地
并迎接丰收

让我化身为微不足道的人
在消耗着我们的劳役中
失去目的
如同世间某个卑贱的私生子
在我们共有的这个黎明

最终把我变成
街巷里、贫民窟中的
任何一个黑人
让我感同身受
你迈步向前时的懈怠
来帮助我们战胜
那健壮臂膀上的了无生气

到了我们并肩前行的时刻
奋不顾身
为了全人类的
大同世界

接受这条讯息
接受这兄弟的致意
噢街巷上贫民窟里丛林中的任何一个黑人

相同血脉的热血
相连生命的热念
我的兄弟
　　向你致意！

1950

KINAXIXI

奇那西西[1]

我想
在一个炎热下午的六点钟
坐在奇那西西的一张长凳上
出神

有人来了
也许会坐下
与我比邻

我会看到那些黑色的面庞
沿着碎石路面，拾级而上
蹒蹒跚跚
用混夹而缺失的金本杜语
交谈近况

我看到那些依然为奴的奴隶之子
步履疲惫
在每一份烂醉如泥之外
四处找寻着爱与荣光

① 罗安达市中心的一个街区。

既非幸福亦无仇恨

日落西山

灯火初燃

我

信步闲走，漫无方向

我想，我们的生活其实如此简单

过于简单

对于那疲惫却需要远行的人而言。

1950

CONSCIENCIALIZAÇÃO
唤醒信念

空气中满是恐惧!

每一处街角
哨兵目光如炬
每一栋房屋
都匆匆地将门锁
换新
而每一份意识里
都点燃起害怕聆听自己的
恐惧

历史正在被
重新书写

空气中满是恐惧!

我
卑微之人
黑皮肤使我更加卑微
带着干涸的双眼

我返回非洲

返回自己

1951年8月

UM ANIVERSÁRIO
生　日

家书和电报写道：
—— 祝福你，幸福如意
一个兄弟生病了
妈妈很想你
生活贫困
但她安详地沉浸在宗教里。

有一个医科毕业的儿子是多么荣耀！

家庭之外
一位前挚友酒醉不醒
瞧瞧我们对圣多美的输出：
娼妓
弥漫的忧伤
羞耻

而我们将有望出一位医科的毕业生！

放眼世界
朝鲜在人类手中喋血
希腊在发生枪杀，意大利在罢工

非洲在种族隔离

而核工厂里忙碌不堪

为了大批杀戮越来越多的同类

这些使我们震惊不已

深深惶恐

然而世界在建造

世界在建造。

我们的医科毕业生

也将要建造！

带着每个瞬间的确信与未知

我们背负着权力，沿着崎岖之路前行

如羚羊般矫健轻盈。

而世界在建造

世界在建造。

我生日的这一天

我们生命中的一个日子了

空气中弥漫着罗望子果的味道

我们无语，无为。也就无需向奴役进贡。

与其他日子一样，这是无用的一天，

而这无用却又是多么地有用。

1951 年 9 月

PAUSA
间　歌

有一种生而为人的痛苦
当爬行动物在泥沼中挖掘沟渠
而蛆虫准备吞噬掉一个美丽的孩童
在可鄙的残忍狂欢中

有一种生而为人的欢愉
当清晨柔和而坚定地升起
大地奏响宏亮喜悦的圣歌
驱退爬行动物和蛆虫

而在这痛苦与欢愉之间
曲径蜿蜒,从尼日尔到开普敦
马林巴鼓响起非洲鼓响起歌声响起
和谐地奏响着新非洲的序曲

1951

MUSSUNDA AMIGO[1]

朋友木松达

我在这里
朋友木松达
　　我在这里

与你一起
还有你坚不可摧的快乐
以及信念

　　我们曾患难与共！
　　我们曾患难与共！[2]

仍记否？

那些时光里弥漫着忧伤
我们一起
去买芒果
对丰达[3]女人的命运
感慨万千

---

① “木松达”为金本杜语里的常用人名，意为脚先生出的孩子。
② 原文为金本杜语。
③ 罗安达郊区地名。

我们哀叹的歌谣眼中的愁云
飘散在何处
仍记否？

我在这里
朋友木松达

我欠你一条性命
同样亏欠你的付出、你的爱
凭借着它，你把我从巨蟒臂中
救出
欠你的力量
凭借着它，改变人们的命运
朋友木松达
我欠你一条性命

我写着你不理解的诗行
你可明白我的痛楚？

我在这里
朋友木松达
写着你不理解的诗行

这并非我们所愿，
我清楚

然而在精神和智慧的层面，
我们就是这样！

我们是的
朋友木松达
我们是

我们无法分离
仍在并肩走向共同的梦想

在我的道路上
在你的道路上
我们的心跳应和着
篝火之夜的节奏
双足舞之蹈之
在神秘的热带舞台
这声音在耳中回响不绝
　　我们曾患难与共！

我们就是这样。

O CAMINHO DAS ESTRELAS

星辰之路

沿着

　　星辰之路

沿着羚羊颈上轻灵的弧线

踏浪

乘云

扇动着春天般的友谊之翼

简单的音符

不可或缺的和声

微粒

萌芽

色彩

构成人类广泛结合的乐章

确凿又无可避免

如同被奴役的过去无可避免

通过觉悟

如同现在不可避免

它并不抽象

苍白，混于没有色彩的思想中

虚幻的节奏之中
掩映着平淡无奇
密林中长满无根之木
芳香尽失,了无生机

仅此而已

然而具体
身披绿装
携着雨后丛林的清新
挟着雷电的凛凛之威
在希望的原野上
双手捧起希望的萌芽

眼里闪动着自由之光
耳中的声响振聋发聩
　　击打鼓面的双手充满渴望
扎伊尔卡拉亚里斯的群山
奏出急促而清晰的节拍
恣肆的龙爪茅丛里,永恒的篝火红光猎猎
鼓声当当,清晰的非洲节奏
传递着精神的和谐

如此
　　星辰之路

沿着羚羊颈上轻灵的弧线

通往世界的和谐之境

1953

À RECONQUISTA
再次争取

不要过度地回归自己
不要封闭在象牙塔中昼夜冥想
陷入对曾经的回忆和梦境

跟我来，装扮奇幻的非洲
让我们走上街道
跳一曲人间沉重的舞蹈
还有洗衣女工简单的巴图克舞步
让我们倾听那渴求的鼓点
与此同时，乌鸦盘旋在天空，
等待着活人变为尸首

跟我来，西方舞台上的非洲
来发现真实的世界
在平等、上帝、民主的屏风背后
数百万人在贫困线上挣扎

跟我来，研习室里的非洲
让博阿维斯塔贫民窟里被遗忘的铁皮房再次映入我们的眼帘
直到他们曾推搡我们的地方

当他们毁坏我们卡亚提①的半地下室
让我们在慰藉的火焰旁，怀着更公正的向往
思索我们周遭活生生的体制中存在的不公

跟我来，弹簧床上的非洲
让我们回到我们的非洲
在那里我们的血肉之躯被殖民者的军靴践踏
在那里我们脸上的汗珠白白地滚落
——我们的非洲

跟我来，爵士乐里狂欢的非洲
直抵大地直抵人民直抵我们的最深处
看看你我到底有多少缺失
看看非洲如何被遗忘
看看非洲如何死去
披着从落魄的领主处借来的不合体的西装
死去

别哭泣，妻离子散的非洲
让我们清楚地望到碎石路上踽踽而下者佝偻的双肩
黑人苦难的黑人幻灭的黑人渴望的黑人
让我们交予他们一颗心
让我们献出自己

① 罗安达一处贫民区。

透过饥饿透过卖淫透过千疮百孔的茅舍
透过监工头声嘶力竭的呵斥
透过监牢的四壁透过巨大的不公

没有谁能让我们保持缄默
没有谁能阻止我们的步伐
我们唇边的微笑不是为了感谢
那置我们于死地的一切。

让我们和全人类一起
争取我们的世界、争取我们的和平

1953

SANGRANTES E GERMINANTES
浴血与萌芽

我们
　　属于无垠的非洲
在不忠者的背叛之上
穿越生命流逝中不可战胜的密林
伴着无声的马林巴琴的和谐韵律
透过人群年轻的目光
举起渴望与希望的手臂

自铁爪下的
　　无垠的非洲
血染的痛楚，伤痕累累的希望与力量
在被滴血的锄头开膛的土地上浴血
在被迫伐割棉田的汗水里浴血
在饥饿与无知，绝望与死亡中浴血
在诚实母亲的幼子黝黑脊梁的伤痕里
浴血与萌芽

自无垠的
黑色的非洲
如同友谊初识一般的清澈
如同强壮的自由步伐，充满渴望

我们的呐喊
化作激烈的鼓点，热望的信使
在各民族和谐的声音里
我们的呐喊是唱给心灵的爱之歌
在大地上生根成林，在阳光里，在种子的萌发里
呐喊“非洲”
呐喊在被奴役者的尸身漂浮于海面的
清晨
浴血与萌芽

——这是我们的双手
为全世界结为兄弟而敞开
以全世界未来之名
在信念中紧握
以权力、谐调与和平之名

玫瑰在我们的指尖绽放
散发着扎伊尔河野性的芬芳
透着马永贝森林中巨树的伟岸
在灵魂中
进行友谊的跋涉
为了非洲，为了全世界
我们的双眼通红，却充满生气
含着对全世界的爱打出手势
望向未来微笑的充满感召的双手

坚信大地的非洲人道的非洲重生的蓬勃

自无垠的非洲
在希望的土壤里萌芽
自愿望、渴望与谐调中，在自由里
结出手足之情的纽带
浴血与萌芽

这是我们追寻未来的双眼
这是我们追寻和平的声音
这是我们追寻和平的双手
　　来自在博爱中联合的非洲。

1953

NA PELE DO TAMBOR
击　鼓

双手激烈不羁地击打着
非洲鼓
被敲击的鼓面向我发出当当的呐喊
伴着有力的回声
在收工后通红的篝火旁

我辗转在被敲击的非洲鼓面
在自身残酷的变形中震颤
肆意击打，醉酒般酣畅
大脑皮层亢奋紧绷

我在何方？我是何人？

我在欢庆之鼓光洁的皮面上回响
在富足欢乐、游客遍布的欧洲
在这被黑色汗水浇灌出的肥沃之上
在因了非洲身份而羞耻的衰老非洲
在阳光坚定照射下重生的非洲，那里宇宙巨变，刚柔相济
在非洲鼓面震动的节律中我自身在悸动
和着这震动试图去跳一支轻柔的棕榈树之舞

我回响在

欢庆又混乱的人间的非洲

(我说着怎样的语言,兄弟们,

为什么在这旋律中我不再懂得你们?)

我从未想过会如此堕落

噢,殖民世纪中肮脏的罪恶

(夜幕低垂

在篝火旁这崭新的节奏中,

你在讲着什么样的龟兔赛跑,

我的黑皮肤的非洲老奶奶?)

然而并非如此遥远,也不是如此堕落

当我手中的鼓

在脑海中激起

回响震颤

为了人道的非洲

双手在我身上交替起落

享受着生活纵情欢笑

湖面广阔,绿色延伸至

人海

赋予我非洲的色彩

诞生在幽暗深渊之外的黑人的大陆

在充血的手指敲击的节奏旁

在老旧的鼓面上

我在这里生活、回响并呐喊：

向前！

1953

MASSACRE DE S.TOMÉ

圣多美大屠杀

致挚友阿尔达·格拉萨

当大西洋
藉着时间的力量
将尸首归还于岸
泡沫洁白如花，将他们挟裹
仇恨凶猛升腾
直视着死亡凝固的鲜血

海滩遍布乌鸦豺狼
带着对腐肉的贪婪饕餮逡巡
长年监禁奴役的恐惧焚烧了大地
这大地被唤作绿色
孩子们仍称之为希望的绿色

当尸首被耻辱和盐浸泡在海里
海水被欲望和脆弱染红

当火光映照在眼中
时而热血时而生命时而死亡
我们荣耀地掩埋了亡者
在坟墓前

回顾牺牲的根由

为了爱

为了和谐

为了我们的自由

尽管面临死亡，尽管时光汹涌

在血染的海水中

尽管为了胜利，需要一次次失败

在我们之间

圣多美的绿色大地

将成为爱的岛屿

1953年2月

AS TERRAS SENTIDAS
哀伤的土地

非洲哀伤的土地
在新老奴隶哭泣的瞬间
在暧昧的巴图克舞卑微的汗水中
自其他哀伤的
海洋

非洲哀伤的土地
铁与火的森林中，花朵碾作尘
迷醉的香气令人心痛
哀伤的土地

非洲哀伤的土地
梦想灰飞烟灭
伴着囚室钥匙的丁零声
随着窒息的笑容和扼腕哀叹
隐藏的情感下意识地闪光
自非洲哀伤的土地

土地长存
和我们一起长存

羚羊轻盈地腾跃，猴面包树凌风起舞
在这被装饰一新的梦中
在一切生灵永恒的联盟中
土地让我们激昂沸腾

她们发出生之呐喊
即使大西洋里漂浮着尸首
散发出残缺不全的死亡的腐烂气息
当河水清冽流过
她们呐喊

非洲哀伤的土地
她们活在
信念的和谐之音里
被诚实人的鲜血滋养
在人们深切的渴望里
在人们的真诚心灵里
藉着星辰单纯而简单的存在

非洲哀伤的土地
她们活着
因为我们活着
我们是永恒不灭的细胞
组成这非洲哀伤的土地

BAMAKO

巴马科[1]

巴马科一次泛非洲会议之后

巴马科！

那里，晶莹叶片上欲滴的真实

与人间的清新融为一体

如同温热土壤里露出的强壮根系

那里，尼日尔河慷慨流过

刚果河荫凉宽阔

非洲敞开胸怀，微风徐来

孕育着爱与未来之果

巴马科！

生命在那里诞生

成长

在我们身上引发难抑的仁慈与激情

巴马科！

在那里我们举起手臂

在那里我们放飞声音

① 马里首都。

在那里我们眼中希望的光芒
转化成完美无瑕的
友谊的力量
擦干漫长世纪以来
被奴役的非洲流下的泪水
使果实的汁液再次散发
大地的芳香
阳光下乞力马扎罗清晰可见
天空湛蓝，和平宁静。

巴马科！
非洲活力的脉搏萌出的
鲜活的未来之果
在那里希望变为大树、
河流、野兽和土地
在那里希望与友谊聚首欢呼
辉映着棕榈树的优雅和人们皮肤的黑色

巴马科！
在那里我们战胜了死亡
在自然与生命不可抗拒的力量中
未来在我们身上渐渐生长
与我们一起永存，在巴马科。

1954

CRIAR
创　造

创造创造
在精神中创造在肌肉上创造在神经里创造
在人和群体中创造
用泪水流干的眼睛创造

创造创造
当森林被破坏亵渎
当鞭子无耻地抽打
在新伐树木的香气中创造
创造
用泪水流干的眼睛创造

创造创造
对冷嘲热讽置之一笑
践踏之下勇往直前
暴力面前积蓄力量
危险之中不惧流血
创造
用泪水流干的眼睛创造

创造创造

凿石锤上火星飞溅
孩童哭泣里的和平
汗水里的和平
劳工契约的泪水里的和平
仇恨之上的和平
创造
用泪水流干的眼睛创造

创造创造
在被奴役的路上创造自由
在被禁止的爱之路上戴上爱的枷锁
身体摆动的欢庆之声

创造
用不流泪的眼睛创造

FOGO E RITMO
火与节奏

公路上镣铐声声
间杂着鸟鸣婉转
森林里清脆欲滴
椰林的交响曲
恬美清新
火
龙爪茅丛里的火
卡亚提锌皮房顶滚烫的火

宽广的道路上
摩肩接踵摩肩接踵
摩肩接踵
到处都是大迁徙
宽广的道路通往封闭的地平线
然而这道路
透过那些不可能逾越的手臂
敞开于上空

篝火
　　舞蹈
　　　　鼓声

节奏

光线之节奏
色彩之节奏
声音之节奏
行动之节奏
赤脚上渗血裂口的节奏
指甲被拔出的节奏
然而节奏
节奏

噢非洲多难的声音！

MÃOS ESCULTURAIS
雕塑般的手

驯服而无精打采的目光

映照着黑色的海洋

在这目光之外

在牵连着家庭的地牢之外

在夜间景物神奇的剪影之外

在非洲里蕴藏着其他大洲，满怀疲惫

在这蚊虫飞扰

怀揣护身符与黑色灵魂的

非洲之外

洁白微笑装点着秘密

隐藏在剥削的慈善和杀人的医术里

在悲哀的心灵里

非洲已经落后了数个世纪

除此之外

我还看到

永生的人民

用雕像般的手

在这干旱统治的土地上创造出神话

他们建设着
生产却是为了毁灭，不堪重负

我看到在辽阔的非洲
纯洁的爱在每个人的唇间涌动
在自由生命不可战胜的藤蔓上初放
那些雕像般的手紧握在一起
来战胜无情的过去的伤痛

其他的大陆，满怀疲惫
在雕像般的手上我感受到
非洲鲜活的生存
这是强者的手，人民、玫瑰、面包
和未来。

POEMA

诗

我想写一首诗。

一首自身封闭的诗
它的知音
只有
外面鸣声清脆的鸟儿
它们在三棵树上蹦跳
构成我唯一的风景；
在崎岖的山坡小路上
绿草汁液流动的歌里
我的诗被闪烁的阳光感受
被完整的人性懂得

一首无字的诗
却满怀一腔热血
在逻辑宇宙的动脉里流动
这首诗是璀璨的星辰
在寒冬静寂的雨夜里
生辉
是闪闪的火苗
在容纳万千生命的原野

温暖无处觅食的羚羊；
是以友情回报仇怨；
是将困境推向成功的动力；
是人类之美的和谐颂歌。

一首诗——
（啊！是谁将非洲比作一个问号，
马达加斯加就是那圆点？）
一首结论般的诗
以肯定的直线
来解决沿途疑问的曲线；
原始丛林美轮美奂
万千生命交错纵横。

巨石之上雷声轰鸣
洪水掀起怒涛
席卷了扎伊尔河上脆弱的船只
迷惘的心灵充满晕眩的渴望
日出日落的色彩依然鲜明地映入眼帘

一首铭刻在钢铁上的诗
是冲破腐朽的手臂
用大地上的鲜花写就；
这是刻在爱里的诗
散发着我那位朋友心中的希望

此时他裹着汗渍津津的围腰
滴滴汗水自脊背滚落，
这诗用月光下拨弦琴奏出的甜美欢歌写成；
用孩童对我的爱人发出的阵阵欢笑写成；
用滚烫的热情、用血迹斑斑的身体写成

一首封闭的诗
——冗长晦涩——
爱恨交织
矛盾重重
在马林巴与钢琴的合奏中
以各种语言吟诵；
巴图克舞嫁接进华尔兹
的舞步；
打字机野蛮的铃声中回荡着
附体般的和谐；
虚空中焦灼的呐喊声
互相碰撞，以邂逅物质的回音
和人类的灵感。

然而我将这首诗搁置。

何处的地下激击着
令人窒息的暴力气息？
哦污秽小巷里苟且的皮条客，

是在你的心肺里吗？
还是在豺狼体内蜿蜒的贪婪中？
在奴隶制为人不齿的被玷污的心房里？
还是在混沌狡诈者的喉中？

我将这首诗搁置。

我要写信给我的爱人
用完美无瑕的文字
填满纸上明亮的空间
在间歇时
我要唱非洲和巴西的歌谣。
我要做梦。
梦到充满爱的目光
在你美妙、温柔、娇嫩的手上
停留。
梦到你曾提及的那些
关于春天的日子；
梦到你
梦到躺在你身边
啜饮草地上露水的欢欣，
在阳光下——远处那片疯狂的海滩。

而这首诗未能落笔的苦涩
渗入我的体内。

如此的苦涩！

我将这首诗搁置。

我只会说
宇宙中人类信念的伟大
不可磨灭
宛如群星的闪耀
宛如你眼中的爱
带着臂膀间和谐之力
宛如人心中深藏的希望。
不可磨灭
就像兽群奔跑过大地
轻巧敏捷，动人美丽
就像深渊里传来的恐惧。

我只会说，是的
是的
对于人心的诚实
对于树木葳蕤的青春；
而大自然中无法忘怀的芬芳
抹去了所有可能的苦涩。

是的！
塔拉蒙刚果、库内内和马永贝
神奇的疑问，

地下的节奏、
大地的呼唤里响亮的颂歌
呼吁着远古悠长回忆的
阵阵鼓声
马达加斯加——问号的圆点。

是的！
深藏奥秘的诉求，四肢健壮的肌肉
神性的炽热篝火燃烧在
村庄里架起的柴堆上
快乐地面对艰辛的女贩
热带风情的节奏狂热
动人的表情在她们脸上雕刻；
对身份的认同
带着猴面包树的哲学
还有人类的境遇，
在此一片狼藉，被茅草淹没。
是的！
非洲-土地，人性的非洲。

我会说是的
在所有的诗里。

并希望，雨过天晴
不再打湿我唯一风景里

那三棵树上的啁啾鸟鸣。

果真如此。

1955年2月25日于卡西亚斯监狱

O VERDE DAS PALMEIRAS DA MINHA MOCIDADE

我青春的绿棕榈

小舟轻捷地行于水上
水面肮脏
躲开碎渣、腐物
落花、枝干和腑脏
恐惧和双臂的力量一起
推动小舟向前。

更高！更高！
眼中闪烁着探险的火花
手里攥紧恐惧
胸中冲撞着不安。

宽扎河中满溢着
威胁和残暴
在狂风暴雨漫长的分娩中
冲上河岸
适者生存的鳄鱼
到被放弃的畜栏里饱餐。

我从绿色里逃离

从我青春时节
棕榈树的墨绿里。

漫长世纪中所有神话中的神灵
以及他们残忍
或不残忍的牺牲
神圣森林发出的玄妙叹息
巫师灵魂附体时天赐的
灵感
一直,一直浸泡在
我胸中冲撞着的不安的水流中。
也一直存在着
死亡宗教的狂欢
妖术里神奇的占卜
祭献给生命和
爱的
黄昏的仪式中的
歇斯底里
血的辛酸气味
土地的肥沃
化为神的物质
黑与尘埃
水滴与骨骼的碎片
泪水与歌谣
神秘教派隐藏的神圣秘密

人道，与非人道

诗歌

与血的灵光

我

手指不安地交缠

祈祷：

　　我们天上的父

　　跪下！

　　逃离！

　　原罪！原罪①

噢这原罪的悖论！

崭新的语言！

没有更多的故事讲给

大树②的匝地浓荫

或讲给烟雾弥漫、光明闪闪的篝火

没有猴子没有狮子

也没有兔子或者乌龟

逃离！

---

① 原文为金本杜语。

② 原文指一种用来造独木舟的树。

让爬行动物在无人看管的畜栏中饱餐

伴随着流年创造的一切

记忆

关于四肢、身躯、

腰胯间和声音的轻灵

在明亮火光映照下的

暗夜剪影里

震颤、节奏

椰子树的花边

除过草的潮湿土地的气味

人声

精神

真实和信念的优雅

鼓声中凸现出的

马林巴与拨弦琴的音色

传统的快乐和甜蜜

我逃离着

精神被踩踏在

无人看管的畜栏里。

　　奏起贝多芬的交响乐

　　还有朋友木松达不理解的诗

我逃离着

从我青春时节
棕榈树的墨绿里
手指不安地交缠

噢脊梁！
双脊弯曲，躬耕于土地
沉重地发出低吼
锄锋闪现微光
号子成为劳作的韵脚
疼痛
情感的一夫多妻
连根斩断的缠绵泪水
叶叶扁舟载着同一的渴望
掠过水面
椰子的伞叶上微笑的旋律
还有双臂无法环抱的
猴面包树。

一切都留在
那遥远的非洲
那非洲的非洲

而那洪水汪洋恣肆
将无人看管的畜栏慷慨地赠予
饕餮的动物

我逃离着
微笑且忧郁
微笑且空茫
没有土地，没有语言，没有祖国
在冒险中游戏
在脆弱轻舟的摇摆中战栗
对一种玄妙的结合
满怀憧憬
辘辘饥肠
而灵魂
被压榨在散发着异味的牙齿之间

更高！
更高！

血液中流淌着空间之喜悦
为人类献身者躯体的芬芳
花朵的贞洁
囚禁与清白的
痛楚
对天地
对神人
对亡灵及生者的
敬畏
对深度与高度的敬畏。

血液中流淌着
友谊人性的温暖
夜晚激烈节奏的滚烫
还有青枝绿叶间的光泽
禽鸟野性目光的闪亮
激流的轰鸣
骤起的闪电
土地和
人民

血液中流淌着
爱。

我逃离着
从我青春时节
棕榈树的墨绿里
手指不安地交缠
微笑且忧郁
听任精神在无人看管的畜栏里
被踩踏

在这旧世界初始的呐喊里
一切重生
这重逢的戏剧性的青春
一切在渴望的宽广胸怀里重生

渴望着真实的力量
在不朽之上奠基。

棕榈树的墨绿色
美不胜收！

1955年2月26日于卡西亚斯监狱

UM BOUQUET DE ROSAS PARA TI

送你一束玫瑰

在玛莉亚·埃乌热妮娅的生日

送你一束玫瑰
——红胜火白似雪
黄如金蓝像海的玫瑰——
献给你的生日

娇嫩欲滴
带着大地渴求的弧度
生命澎湃的诗情
——在你的日子里娇嫩欲滴

友情之喜悦
在死神阴郁的鬼脸前
在激情催生的活力里
你的日子里的喜悦与友谊

在你的生日
我身上也聚集了
热望与感伤
悲情与怒火
信念与信仰

连同丰富生命中所有细碎的声响
所有的希望
融汇进地平线的万花筒中

你的生日，送你一束玫瑰

夕阳与新月之光
如温暖的拥抱
暮年终至
新生成长
每日每瞬
时时刻刻
在你的每一次微笑里；
所有变幻不定的物质
干旱的荒漠
丰盈的泉眼
优雅的老虎
温和的鸽子
汹涌的河流
怒吼的狂风
还有千姿百态的人类
爱恨情仇
自私心灵里尴尬的笑
疼痛的呐喊，富足与灾难
一切在这束玫瑰里

融为一体
献给你的生日

早春鹅黄色的气息
饱涨了力量
又充满着绝望
和幻灭
而没有任何一种可能的失落
能置换掉这早春的鹅黄
蕴藏的力量
在你生命的每一天

力量和信念
在这束玫瑰里
献给你的生日

而在大地上
由那些开动轰鸣的机器的工人
以及兄弟
和朋友
所征服的位置
将永远属于您
也属于你和我们
即使河水涌出河床
群山刮起狂风

这束玫瑰里
有一个被征服的位置
献给你的生日

给你一束玫瑰
——红胜火白似雪
黄如金蓝像海的玫瑰——
你的日子里的玫瑰
和生命！——献给你的生日

我把它们温柔地捧起
在一个短暂冬天
稍纵即逝的思念里。

1955年3月8日于波尔图PIDE① 监狱

① PIDE："国际及卫国警察"，为葡萄牙独裁时期秘密政治警察组织。

PARA ENFEITAR OS TEUS CABELOS

装饰你的秀发

致玛莉亚·埃乌热妮娅

玫瑰自我们的血液
爱
与思念中生长；
玫瑰在分隔我们的距离之冰层里
枯萎

　　在这一天
　　玫瑰总要生长

如果，我们的心
在杀死自由的铁栅间
被剿灭
再无生机

　　在这一天
　　玫瑰永远生长

如果冬天漫长
正是因为在我们心中
玫瑰生下了根
好让人们

汲取养分。

如果冬天漫长
声音嘶哑
是因为
我们的道路只有一条
——爱。

在这一天
玫瑰永远生长

我要去攀折那玫瑰
跋涉在最遥远的平原
最偏僻的山岭
下到万丈深渊
去友谊中寻求
还有那分隔我们的距离之中

在这一天，
玫瑰，玫瑰，无数爱的玫瑰
将永远生长

以装饰你的秀发。

1956年3月8日

DOIS ANOS DE DISTÂNCIA

遥远的两年

思念——你在昨天的一封来信里问
我们何时重逢
很快，抑或还要等待？
告诉我，亲爱的！

沉默
是我们没有说出的话
是没有亲吻的唇
是在被检查的信笺中
没写出的词语

面对如今艰难的选择
苟活，还是忍受迫害
这是我们时代的牺牲
和勇气
为了自由地、人道地
在思考和行动中生活的
权力

在梦想和渴望之间
　　我们何时重逢

很快，抑或还要等待？

告诉我，亲爱的！

让更多的公义得以伸张

还有对自由身的渴望

和我们的民众一起

今天，永远，越来越

自由自由自由

1957年2月于波尔图PIDE监狱

ASSIM CLAMAVA ESGOTADO

呼喊到死

我不会交代什么
我从未反对过你们的祖国
但是你们毁坏了我的家园
我从未阴谋从未与朋友们合谋
也不曾与星星和神祇交谈
从未做梦
像井底之石一样酣睡
在那些仇恨的杀戮面前我懵懂茫然
从未认为自己无辜
我将沉默，我一无所知
即使遭受殴打
我将沉默
即使许以重金
我将沉默
即使拶指加身
我将沉默
即使许以自由
我将沉默，即使握手言和
我将沉默，即使死亡在侧

啊！

死亡

有人在我家中死去

我家里曾有位小女儿

在我的贫瘠中如星星般闪耀

她死了

我看到她无邪的洁白花冠

在她的尸身旁顺水漂散

这奴隶的悲惨河流中黑色的奥菲丽娅

她死了

谁为她发丧？

谁为她盖棺？

谁为她掘墓？

谁在她永恒的墓床上覆盖泥土？

在这囚室的四壁里与世隔绝

没有光明

不能至少看一眼我亡女的面庞

忍受着漆黑的苦痛

先将我烧掉吧

带我到石灰炉去

焚烧我的五脏和大脑

还有这无能为力的双手

与墙壁抗争

与这该诅咒的铁门抗争

与这些充满恐惧的全副武装的人抗争
与这酷刑抗争

在石灰炉里将我焚烧
以完结这彻夜不眠的酷刑
带我到石灰炉里

在这地狱的黎明
到石灰炉里
到石灰炉里

谁安葬我的女儿?
巫师?
我已经听到他们在夜里起舞
看到地上饱食尸体的肥胖蛆虫
他们带来火把将她焚烧

带我到石灰炉去
完结这酷刑
我的女儿在石灰炉里被焚烧
结束我的伤痛吧
我的兄弟和朋友们会说些什么
当他们听到这棺材里的哭喊
一位父亲能说些什么
当他听任自己的女儿

在石灰炉里被焚烧？

把我付之一炬吧

在这石灰炉里

在我的女儿我的爱

我的小星星的身边

让我抱着我的女儿

在石灰炉里

我将沉默

不要麻醉注射不要镇静剂

啊！困倦袭来

在石灰炉里

在石灰炉里……

1960年6月于罗安达PIDE监狱

NOITES DE CÁRCERE
囚室之夜

炎热的下午
当目光和声音开始充斥库卡的街道
并延伸到里什拉
或者马安卡的短墙
这片土地有恐惧催生的贫瘠
有丰饶的轻信
火与魔法正在苏醒
还有那惴惴不安的话语

在这些炎热的下午
以及静谧的月夜
——当葬礼上鼓声哀泣，
姑娘们的悲歌唱起——
一颗铅弹穿过我们兄弟的肩颈
我们的鲜血我们的灵魂
我们的朋友①

你心脏的跳动
犹如枪弹的轰鸣

---

① 原文为金本杜语。

牢狱生涯

被监视的夜晚
周遭的苦难
自私滋生的仇恨
但这些痛楚之上
你虚弱的身体里
蕴藏着永恒的、
令某些人畏惧的爱

旁边
有人呻吟
血
沿着被夹裂的指甲淌下

心中怀想着胜利
囚室里彻夜不眠
没有梦境来安慰孤独
　　有一些瞬间，世界
　　浓缩在刑讯室里

　　噢！
　　谁能够成眠
　　当疯狂的惨叫声在侧
　　钻窗而入直刺耳膜
　　伴着疲倦失眠痛楚和期望？

谁能成眠
当目睹挚友发疯
在隔壁的囚室里
被酷刑杀死灵魂？

有时候
会记起玛丽娜那神奇的微笑
还有留着胡须的菲德尔①
年轻纯净的眼神
骄傲地与云层对话

属于我们！属于我们！
我们的大地兄弟
勇气
他们会有后悔的一天
鼓起勇气②……

不见阳光的四壁中
坟墓般的寂静
读《圣经》里
来自母亲的希望之馈赠：

---

① 指菲德尔·卡斯特罗。
② 原文为金本杜语。

“对正义怀有饥渴的，
必有好运……”

因为祖国和人民的爱
将属于他们。

1960年7月，罗安达PIDE监狱

AQUI NO CÁRCERE
在狱中

在狱中
我反复咏读希克梅特①
每当忆起你，玛丽娜
还有那祖孙俩相依为命的家

在狱中
我反复吟诵着英雄之名
当战歌
欢快地奏起
我们的民众在歌声中将奴隶制粉碎

在狱中
我反复向圣人们祷告
如果他们肯宽恕
那些摧毁幸福的
辱虐和欺骗

在狱中
怒火深藏于胸

---

① 土耳其最著名的诗人之一。

静待着

历史的劲风

吹散乌云

天要下雨

无人能阻。

1960 年 7 月，罗安达 PIDE 监狱

O CHORO DE ÁFRICA
非洲的哭泣

横亘数世纪的哭泣
在被奴性出卖的眼睛里
在雄心与浪漫的旋风滋养的渴望里
在巴图克舞里非洲的哭泣
在微笑里非洲的哭泣
在篝火里非洲的哭泣
在生活和劳作的讥讽里非洲的哭泣

永远的哭泣,即使在你们不朽的快乐里
我的兄弟宁古溪和朋友木松达
在暴力的循环里
在土地神奇的魔力里
在泉水喷薄的生命里,在四面八方、所有的心灵里
在非洲的伤口渗出的血迹里
甚至在接触地面时血流的凝滞里
甚至在森林芬芳的花季里
甚至在落叶
在果实里
在斑马的轻捷
沙漠的萧疏
在静水流深的和谐湖面里

甚至在人们建设性的劳作之美里

数世纪的哭泣
奴隶制的产物
在黑色悲剧和懒惰的白色灵魂交织的历史里
在非洲童稚的精神里
口中发出谎言和真实的哭泣

数世纪的哭泣
真实
被邪恶的铁手摧残
它制造尸体
它与生命为敌

它偏狭的大脑精于计算
在暴力中
在暴力中
在暴力中

非洲的哭泣是一种病

我们的手中掌握別的生活和快乐
不是你们口中虚情假意的遗憾
——我们作证！

O IÇAR DA BANDEIRA

升　旗

献给安哥拉人民英雄的诗

当我归来
城里的木麻黄已消失

连同你
朋友里塞乌
狂欢的火热节奏里慰藉的声音
在如约而至的周六的夜晚

还有你
在“尼古拉节奏”乐队的神圣芳泽里复苏的
古老神圣的和谐

甚至你也消失了
和你在一起的还有
那些知识分子
“安哥拉国家联盟”
《灯塔》报
英古博达斯①那些聚会

① 罗安达一处地名。

连同冷血的背叛者的良心

我回来的清晨，暴雨突降
萌芽绽放在湿漉漉的大地
植物蓬勃，青春的光彩飞扬

我回来时，看到种子在重生
喜悦的生长如生机勃勃的交响乐

鲜血与灾难
激流般劈开城市
在约好的日子
我按时
归来
孩子们已不再欢笑
还有你们
我的挚友我的兄弟
本治、若阿金、加斯帕尔、伊里第奥、马努埃尔
还有谁！
——数百、成千，我的朋友们
一些人已永远消失
为生而死，将获得永生的荣光

我回来时
有些宏大的东西在大地上萌发

粮仓里有了更多储备
学子们在学校更加努力
阳光更加灿烂
老者重返青春
希望之后是相信
意志之后是爱

众人的手臂
士兵的勇气
诗人的叹息
一切、所有，都试图高高升起
超越英雄遗留的回忆
尼古拉·奇鲁安吉国王①
金伽王后
所有人都努力把自由的旗帜
高高升起

1960 年 8 月，里斯本阿尔如贝监狱

① 16 世纪的安哥拉国王。

DEPRESSA
快

这历史迟缓温吞
我已失去耐心等待
当公义被匆匆扼杀
狱中挤满因抗暴而获罪的青年
被折磨直至死亡

结束这温吞的词语和手势
还有隐藏在书本后的微笑
以及呈现出另一幅面孔的
圣经式的屈从姿态

开始智慧并强壮有力的行动吧
以牙还牙，以眼还眼
兵来将挡
为人民解放而战的群众武装
发动果敢的战役
掀起风暴来打破这消极凝滞

让激流瀑布倾泻而下
冲入密林
让疾风骤雨将树木连根拔起

树干相互撞击
并卷起枝叶果实
将汁液抛洒在潮湿的土地
把敌人消灭在未开垦的土地
使他们的邪恶
永远被钉在那里
如同妖魔永远的耻辱柱
被五个世纪里牺牲的民众
世代嘲讽和诅咒

光荣的非洲
数世纪来饱受不公的非洲
胸中积累着沸腾与不安
那里数百万的士兵
为战役的失败而悲泣
还有孤独者
为在共同的战斗中并未团结一致而哀叹

让雷电劈向大树
惊散原野里的动物
并烧毁圣徒的虚伪、偏见的庸俗
在呐喊中释放出蕴藏于土地和心中的青春
相信我们的明天
快解放被捆在树上鞭笞的奴隶
快解救牢中受苦的人

解救卖身契的牺牲品
被鞭子和拶指折磨致死的兄弟
解救被侮辱损害者
还有那些背叛、出卖
自己祖国的人

我们不等待英雄的降临
我们自己就是英雄
挽起臂膀大声呼喊
各尽其责
捍卫每一寸山河
驱除强虏
在激烈英勇的战斗中
歌唱
我们祖国真正的独立

1960年8月，里斯本阿尔如贝监狱

LUTA
斗　争

暴力
阳光下钢铁的声音
点燃本已炽热的风景

梦想
在刺刀的城墙前
烟消云散

新的浪潮涌来
在尚未掩埋的尸体前
渴望烟消云散

新的浪潮呼唤着斗争
一浪接一浪
直到暴力消亡
只留下我们的宽宥

1960年9月，里斯本阿尔如贝监狱

CAMPOS VERDES
绿色的原野

绿色的原野，辽阔的群山，柔美的湖泊
延伸在宁静的大地，和谐如画
双眼昏昏睡去，空茫的不安
在坚硬的黏土上徐徐点燃，

这土地干旱——曾使甜美的希望枯萎
炽热——如同永恒不灭的爱
这牺牲、鲜血，是对残暴的皮鞭
奋起反抗的纪念。

在绿色的原野，辽阔的群山，柔美的湖泊之间
火焰喷发，红色的海洋奔突咆哮
仇恨、微笑与爱意交织闪耀

这是数世纪的疲惫中
焦灼声音的合唱，寻求着和平与生命
不同的口中喊出同一个词语：独立！

1960 年 9 月，里斯本阿尔如贝监狱

HAVEMOS DE VOLTAR
我们一定会归来

屋舍、农田
海滩，我们的原野
我们一定会归来

我们的土地
红的是咖啡
白的是棉花
绿的是玉米
我们一定会归来

蕴藏着钻石、
黄金、铜和石油的矿藏
我们一定会归来

我们的河流、湖泊
山峦、森林
我们一定会归来

大榕树的荫凉
我们的风土人情
节奏和篝火

我们一定会归来

马林巴与拨弦琴
我们的狂欢节
我们一定会归来

美丽的祖国安哥拉
我们的大地，我们的母亲
我们一定会归来

我们一定会归来
自由的安哥拉
独立的安哥拉

1960年10月，里斯本阿尔如贝监狱

DESTERRO
流　放

和你
妈妈
同样只有一句话
我再次被流放的这些日子里
——勇气，我们终会再相见

伊莱娜，伊莉达，Dady
血肉相连的柔软名字
——勇气，我们终会再相见

我心中，为你们所有的人
我同族、同种、同血的弟兄
还有你“蒂图亚”叔叔，“新墓地区之王”
保存着这斗争与火的句子
——勇气，直到我归来

我可怜的卡约库罗
在劫难中逃遁幻灭的诗人
我们热泪如倾的时刻
不是在葬礼中
而是当我们欢庆重生

激情相拥

在我被流放的心中
你们所有人充满朝气，如同我们的民众
融入离别时难舍的清晨
这离别是为了民众
为了人道
为了和平。

1960 年 12 月，佛得角群岛太阳港

A VOZ IGUAL

众声齐唱

在这崭新的黎明
大事即将发生
我们走过山峦、河流、草地和偏见
胜利在望
尽管步履维艰

一个生机勃勃的黎明
将真切地降临在
祖国的土地

花朵就是花瓣和香气
人类就是人类
农夫与土地血脉相连
工人与机器情如手足
我们在人类的怀抱里，众声齐唱
而与此同时，谎言
在怯懦的暴力中藏身

人们从愚昧的墓地走出
从城郊的乱葬岗走出
从贫民区和不毛之地走出

成为
历史变迁和新生活的
热情参与者

无声无息的人们
满怀仇恨
兴建西方的帝国
为老迈的欧洲增加财富和机遇
在丧子之痛和尊严尽失的生活上
种植痛苦
在平行的铁道轨木上牺牲的人们
鲜血混入砂浆
砌成公路桥梁
他们截住大坝的水流
用有力的双手和生命
他们为宗主国的光耀献上黄金和钻石
被闯入土地的陌生人掠夺石油和财富
却换来忘恩负义的狞笑
他们仁爱善良，向星辰祈祷
怀着遥不可及的希望
只求奴隶生涯中得到精神的慰藉
当其他族类活力尽失
天才的英雄民族仍生机勃勃
哺育了不同大洲并赋予美洲以节奏、
神灵和体育场里的敏捷身手

他们的禀赋同时在科学和艺术里闪光

黑皮肤的民族
在可悲的白色傲慢里无名的人们
如今让我们建设我们的祖国
我们的非洲
用这奇妙今朝的光明线条
描画团结的非洲，奋斗的非洲
来对抗独立中那些
不合时宜的荒谬
在发出同一声音的新世界

宇宙变迁的时刻已来临
地球上万物已开始催化
革命的闪电摧枯拉朽
将人间的屈服碾为齑粉
在友谊的力量里，终见到
手与面颊的轻吻

在人类变革的时刻
幸福童年的欢声稚语
唱着祖父母传授的歌谣
用我们的语言谈论我们土地上的传统
和谐的声音回荡在独立的时刻
再次征服祖国的土地

而我们的民众

填补了虚空

在广场和智慧的殿堂里歌唱

姑娘们诗人们灿若星辰

我们的根深植于非洲古老的沃土

时辰已至

心中不可按捺的激情已经燃烧

为工厂里机器和起重机的轰鸣而斗争

人群与车轮,汗水与嘈杂

交织在建造自由国家的乐曲中

融汇在祖国的建设里

不再有剥削的细菌渗入

不再有监工令人作呕的呵斥

及随之而来的雨点般的鞭笞

而今天遭受厄运的人们重获幸福

走出战场、牢狱和流亡之地

共建明天,为了我们的土地我们的

独立国度

建造

　　与

　　　重建

时辰已至

民众前仆后继奔赴重逢

重新发现自身，重新行动
在古老的旋律和氛围里
在祭献神灵新的形式中
在神圣的战斗和社会仪式里
在复苏里，在献给亡灵的爱与崇敬里
在对生者的尊重里
在诞生之时与死亡之际的狂欢里
在生命与爱的初始
在人与宇宙神秘的契约里
在微笑里
与非洲重逢
在与生活之幻影每日的碰撞里
在对智慧与和平的神圣接纳里
摆脱强制摆脱压迫拥抱自由

在劳作着的田野里
在社会生活中
在田间光荣的互助里
在建设里
在狩猎时
在灾难与快乐的联盟里
在并肩工作时重逢
在传统里，在巫术里
在河流瀑布的震怒与恐惧里
在森林、宗教和哲学里

重拾精髓，来获取非洲的新生

人类重生

在人们平素的开拓里

在马林巴、大鼓、拨弦琴和非洲鼓的节拍里

在手臂和身体的舞动里

在音乐旋律的梦想中

在脉脉含情的目光中

在夜晚与月光、火苗与影子、

热情与光明的天衣无缝的结合中

生存的快乐里融合着步履维艰的牺牲

在伤痛时神圣的放逐里

重逢

沉湎于酒精的迷途者

醉酒是奴隶生涯的顽疾

实现对长年饥馑的最高救赎

严寒酷暑，悲欣交集

灯红酒绿，乱象纷呈

还有那些不可避免的紧急意外

紧要关头

伴随着

仇恨、友情、背叛、笑容、哭泣、力量

疲惫、能量、活力、沮丧、沉默

地震时的天崩地裂

渴望成功和遗忘的手
庄园里尘土飞扬的周六舞会
绝望的音乐里歌词高亢
隐秘的愿望:实现自我
像人一样活着
渴望感受到别人身体的无上温暖
渴望从遥远处传来的友谊之音
在对自由的巨大渴望里
与生活温存

在酒精里重逢
地狱的地平线延伸在死亡之地
理智与疯狂绞缠
在巫师邪魔的血液里
重寻谨慎与能力酿就的苦涩药汁
在酒精里
向宇宙之文化、探索、创造和诠释
寻求爱
寻求指引羚羊澎湃生命力的源头
寻求能灭天雷地火之神水
寻求非洲风格生命的
形式与本质

在重新开天辟地的混沌里
迈出生命前进的步伐

融入宇宙和谐的乐章

无比尊严，无比自由

独立的民族，一致的声音

在这个崭新的黎明满怀着希望启程。

1960年12月，佛得角群岛太阳港

LIVRO II RENÚNCIA IMPOSSÍVEL

第二部 无法放弃

ÓPIO
鸦　片

他们把哀伤许配给我！

我的土地
日出的黑色大地
——我的母亲——
在节日的夜晚
吟唱着哀伤的旋律
当月亮微笑着升起
谜一般的森林发出
爵士乐般沙沙的声响
——我的母亲——
我一落地
便将哀伤许配给我。

我没有童年
没有少年
没有生命初始的
欢乐
因了这早熟又衰老的
婚约。

我沉重的日子如梦幻泡影
我苦涩的欢乐
幸福和人生
一场幻梦。

我自身即是幻影
是不真实
是梦一场

因为真实即是哀伤
与我愿违

为了悲伤
忘记我的爱
忘记我的理想
我吸食鸦片。

——我游戏人生：
劳作于烈日下
痛饮日光
灼伤赤裸的双肩
舞蹈于篝火前
享受火热的暴虐
而柴火扭曲着身体
忍受

如同我的痛苦
蹂躏灵魂。

我沉迷享乐
佯装没有痛苦
以笑当哭!

我吸食我的鸦片
进入梦乡

1947,科英布拉

EU – MISTÉRIO
我——秘密

我是一个秘密。

活着，却死过千回
每日
我都死去
形如宿命。

我的身体
因仇恨
雄心
对光荣的渴求而爆裂
支离破碎
在全世界散落

或近或远
我的肉体继续被屠戮
然而始终鲜活，并坚信
等待了几个世纪的曙光
终有一天会呈现。

终有一天

不再苦痛
没有死亡
甚至无需希望。

终有一天
成为真我。

1947,(打字稿。档案 fls. 7)

ANESTESIA
麻　醉

触摸地上的尘土
我的指尖
只感觉到
踏上禁地的
恐惧

吮吸花朵的芬芳
却只觉察到
深深的绝望
和万人坑的惨状。

吟唱快乐的歌谣
而回声
却回应我苦涩的哀鸣。

我想梦到幸福的时光
玫瑰色的未来
然而，只看到
我灰暗的日子
满载忧伤。

（打字稿。档案 fls. 21）

EXPLICAÇÃO
诠　释

避风港里
来自遥远彼岸的船只
满载黑色的忧愁
载着黑色的心

希翼与泪水卷起浪花
簇拥着我

微风中飘来了吟唱
是人们在苦痛的重压下
发出的呻吟

因此
我的双眼无法再凝望
那些尘世的美丽
夕阳西下
黛染群山
海平如镜。

玫瑰的芬芳
生活的写意

与我何干
如果我的兄弟们忍饥挨饿？

面对这历史的悲剧
赠与我们之
哀伤心灵
屈从和忍受
我俯下身去

我用全部身心
坚守
不死的希望
去寻求
信念

（打字稿。档案 fls. 23）

VOZ DO SANGUE
滴血的声音

巴图克舞的旋律
蓝调忧伤的节奏
使我怦然心动

噢哈莱姆区
衣衫褴褛的黑人
噢芝加哥的舞者
哦南非的黑人奴隶

噢非洲的黑人
全世界的黑人

在你们
伟大的歌声中
加入我卑微的声音
我谦恭的节奏。

我陪伴你们
沿着我们航线上
纷乱的非洲

我感受着你们
全世界所有的黑人
我生活在我们的历史里

我的兄弟。

1948

《神圣的希望》原打字稿。与马里奥·德·安得拉德编著选集(1967年2月,阿尔及尔,第二版)不同。

PASSEI A VIDA ...
我穷尽一生 ……

我穷尽一生来侍奉
耗尽时日在哭泣
在我的世界
我的地狱里。

双臂劳乏
为了一个无动于衷的世界
我的手指拨响音乐
流入这无动于衷的世界。

我的世界
我的地狱。

时至今日我仍泪流
然而出于羞愧
出于耻辱
因为生活在地狱般的世界
却甚至无法拥有求死之心。

1948,(手写稿。档案 fls. 41)

SINTO NA MINHA VOZ ...
在我的声音中……

在我的声音中我感到有一群人
在心中我感到整个世界
在我的臂弯中拥有一支军队

人群缄默
世界迷失
军队落败

但是缄默的人群没有死去
落败的军队没有消失
而心中依然相信

明天
　　不是幻梦。

1945,(打字稿。档案 fls. 45)

NOVO RUMO
新航线

在无名之路跋涉的
深夜里
我们的名字是一种节奏
我们的目的地是生活

节奏
是一位不肖之子的混乱步伐
他遗产丰厚
却在执迷
犹豫和爱恋中大肆挥霍
归来时两手空空
却仍然坚信
并在自身中去寻找
那个迷失的人

目的地
是历史本身
是起点
是协和

我们是建设新世界的

节奏

夤夜时分

跋涉在无名的路上。

1948，(手写稿。档案 fls. 40)

POEMA PARA TODOS
致所有人的诗

为什么悲泣
难道为了等待
别人的慰藉？

为什么期望一个幻象
为了抹去一个谎言？

悲泣已使世界疲倦
业已让我们自己厌烦
当我们破涕为笑
它就是笑而已
因为我们已不会悲伤

但是看看你的周遭
睁开双眼
　　——君可见
世界在那里
让我们建造。

（签名手写稿。档案 fls. 42）

ANTIGAMENTE ERA
从　前

从前我曾被放逐天际
从前皮肤漆黑，如世界之暗夜
从前曾在微笑中吟唱悲泣
从前灵魂善良清澈

往昔一切都是忧伤
从前一切犹如孩童的梦想

肤色、精神、歌谣、哭泣
如同新鲜的木瓜
献给从书本上走到孩子身边的
那位旅人

然而我迈出一步
抬眼四望，放声长啸
回声飘荡在世间最遥远的土地
哈莱姆
　　北京
　　　　巴塞罗那
　　　　　　巴黎
飘荡在新世界隐秘的丛林里

而肤色

　　精神

　　　歌谣

　　　　哭泣

如同闪烁银光的兵刃

生长。

　　美不可言，无可阻挡

如同生命中最美的日子里最美的太阳。

1951年9月10日，（手写稿。档案fls.44）

KALUMBA

卡伦巴

她来自林中

分不清

天上的星星与城市里的街灯

在城市里

她的眼睛宛如两颗闪闪的星

而在许多男人心中

再没有第二个太阳

能亮过酋长家的明珠

她来自伦达的土地

住在桑宾赞伽的棚户区

可是她迷茫的眼睛

在城市里发现了

一个新世界

她的心灵被幽闭在

来自刚果的船队

那里有属于大海的男人

大海[1]！死亡

那座城市是一面大海
是她的死亡

这闪亮的城市
是一个世界，一面大海
大海！
那里每条街道都有船启航扬帆
出发到遥远的地方
每个男人都遗失了两颗闪闪的星星——
罗安达一个酋长美丽女儿的
眼睛。

（打字稿。档案 fls. 69）

---

① 原文为金本杜语。

NOITE ESCURA
暗　夜

宽扎河曲的柔波上
红日
西沉
在地平线上勾出棕榈树的剪影

唉，没有星星的夜晚多么感伤！

一天
我的太阳落入海里
我的夜晚降临

一天
开始了没有星星的夜晚

但是在暗夜里
心灵升起

啊！多么欢快的早晨！

（打字稿。手写标题。档案 fls. 71）

A TUA MÃO POETA

诗人之手

你诗人的手
越过大洋触到我

你诗人的手伸来
我在里斯本的心脏中央升起的
非洲岛屿上安坐

你诗人的手
从你的声音里环绕着我
午夜时分棚户区里苦涩的声音
在屈从的鲜血浇灌的土地上
锄头有节奏的声音
你的声音传递出百万种声音、手足情
与爱
这声音从镣铐到铁栅
永远自由永远强大永远呐喊永远微笑

你诗人的手
抒写着爱
以非洲的五根手指写就
蘸着对友谊和平的人性渴望

你诗人的手
在生活里奴隶的棚屋之间
敲响了自由的巴图克

我把你的手握在手中
心手相连
　　献身于我们的非洲。

（两篇打字稿。档案 fls. 160 及后续编号）

VENDEDEIRA DE ANANASES
卖菠萝的女子

卖菠萝的女子
我喜欢你的眼睛
当你如此注视着我
羞涩里掺杂着恳求
这眼神能赎一切罪过
忍受种种忍受

喜欢你的眼睛
透露出你的受难地发生的
一切秘密
并向我指明
复活之路

喜欢你的眼睛
卖菠萝的女子
饱含思乡之愁情
读你
读出了一群人的伤痕

喜欢你的眼睛
那里游牧着迥异的心思

失落的幻梦

那从未到来的日子

却能被你感知。

喜欢你的眼睛

它们望向漫长的似水流年

浸润着

菠萝的芬芳

又闪烁着希望的曙光

望着我,卖菠萝的女子

我要探寻生活之谜。

(打字稿。档案 fls. 162)

CIRCUNSTÂNCIA
境　遇

对面包的渴望
铺满了贫民区里
滚烫的红沙

在黑孩子哭泣的眼睛里
充满着对力量
坚强的信任

世界停滞
时间无力
悬垂在梦的面前

你的缺席，爱
你的缺席击中了我
温柔又疼痛
独特而多姿
恍如外面坠落的雨滴
打在泥泞的地面。

1952 年 5 月 4 日，（打字稿。档案 fls. 196）

NAS CURTAS HORAS
时光稍纵即逝

时光稍纵即逝，又度日如年
分分钟追问着你的缺席
每一瞬都发自肺腑地期待着
你的到来

时光稍纵即逝，又度日如年
你柔美的声音如丝如缕
又如雷贯耳
似暴风雨下的惊涛骇浪
冲向渴望不安的耳鼓。

渴望着，撕开巨兽临盆的腹腔
从惊惶的手中抢出悸动的胚胎
奇异的种子
就要到来

时光稍纵即逝，又度日如年
光荣的斗争，疯狂的旅程
征途上回响起生命坚定的呐喊
我在你的声音里呐喊
我在你的目光中渴望。

（打字稿。档案 fls. 201）

COM OS OLHOS SECOS
干涸的眼

睁着干涸的眼睛
——星星恒久地闪耀
透过身体透过精神
照着亡者的尸身
照着毫无生气的孤独
我们回来了

我们在返回非洲
全世界都将到场
人们跳起欢庆的超级巴图克舞
在马永贝密林的浓荫下
在盛大的狂欢节里
从巴依伦多到伦达

睁着干涸的眼睛
抗拒屠杀和谎言遗留给我们的
非洲的恐惧

我们回到非洲
星星的闪耀不可阻挡

我们干涸的眼中写着

——自由

（打字稿。档案 fls. 219/220）

A RENÚNCIA IMPOSSÍVEL
无法放弃

Ⅰ. **Negação**

Ⅰ. **否定**

我不相信自己。
我不存在。
我不愿,不愿活着。

我想自毁:
——从高高的桥上纵身一跳
让我在碎石路的坚硬石块上
粉身碎骨。

让我的存在化为齑粉
无影无踪
不留下任何经过的痕迹
在这世间。

我想自尽
让非我
拥有我。

这不是一起简单的自杀
我想让我的死
成为一条真正的历史事件
一次彻底的消失
甚至消失在那些
痛恨我的大脑里
甚至消失在时间里
历史车轮滚滚
世界亦继续前行
就像我从不曾存在
就像任何作品不曾完成
就像没有什么影响过生活
就像我的价值不是负数
而是零。

我想飞升，上升
一直提升到零
然后消失。
让我销声匿迹吧！

但是我要先发出呐喊
用尽我丹田之气
让全世界都听见：

——我是拒绝生命的那个人！

你们可以继续占据我的位置
是你们把它从我这里夺走

这样你们可以拥有世上的一切
而我，什么也不要
不要财富也不要贫穷
不要快乐也不要悲哀
不要生命也不要死亡
什么也不要。

我不是。不存在。从未是。
我拒绝。
我抵达了零 。

而此刻，
你们活着，歌唱，哭泣
成婚，杀害，醉酒
给穷人施舍。
一切与我无关
因为我不存在
抵达零！

别指望我
为你们端酒布菜
掘挖钻石

让你们的女人在沙龙里炫耀招摇
也不会为你们照料种植园中的
咖啡和棉花
别指望佣人们
去哺育你们患梅毒的孩子
别指望次等的工人
为你们劳作
撑足门面
别指望尚未觉悟的士兵
腹中空空为你们呐喊
为你们文明的杰作山呼万岁
也别指望仆从们
在清晨
当你们从醉生梦死的夜里归来
为你们提上鞋子
别指望心怀畏惧的黑人
为你们牵来耕牛
以一角钱的价格售卖玉米
更别指望女人们的胴体
满足你们寻欢作乐的欲望
在你们不道德的富足堆起的闲暇里。

别指望我
我拒绝自己。
我抵达了零。

我不存在。从未存在。
我不要生命也不要死亡
什么也不要！

你们现在可以烧掉那些
悬挂在酒吧、旅馆和公共场所的
胆怯的牌子
你们的自私在这些句子里
一览无遗："白人专用" 或者" 只对有色人种"
黑人在此处。白人在彼处。

你们现在可以清除
那些使你们面上无光的
悲惨的黑人区
告别"肤色分界线"而志得意满地生活
不用再告知黑皮肤的顾客
旅馆已经满员
餐厅没有空座。
你们可以无忧无虑
安享你们的沙滩和泳池
这世上不再有黑人踏足
弄脏你们的碧水
也不再以他们黑色的存在
玷污你们令人作呕的偏见。

你们可以变为斗牛
或者刽了手
或者三 K 党徒
在斗牛场淋漓的伤口里
满足你们嗜血的胃口
没有可供你们私刑处死的黑人！

为何犹豫不决？
起码你们可以抓住机会
以无比真诚的姿态
宣扬民主

你们可以撰写一部新的历史。
尤其可以自己加冕为造物主。
一切都是你们的杰作
啊！
我是如此心满意足
当看到你们骄傲并快乐
在你们的高人一等里癫狂。

黑人从未存在！
非洲是你们的独创
美洲是你们殖民的杰作
欧洲从未接触过非洲的文明
从未有一位黑人亲吻过白人

更没有过哪位黑人被私刑处死
你们从未使用凶器杀死过黑人
为了占有他们的女人
你们从未掠夺过黑人的财产
从未企图，你们从未有过流着黑人血液的孩子
噢淫乱可鄙的种族主义者
你们现在不配再提道德。

多么满意
不用再伪造道德标准
来捍卫
名誉、高贵和
你们子女的胃口。

啊！
我的自尽是一起历史事件
一种暴虐的快乐
看到你们安稳地享用你们的世界
再不用玩虚伪的游戏。

我上升为零。
我幻化为历史的虚无
我隐身于时间的源头
一无所有的我与拥有一切的你们融为一体
我是人间真正的基督耶稣！

罗安达的街头
没有赤脚和肮脏的黑人
为你们殖民统治的虚伪泼上污点
在劳伦索·马尔柯斯①
在纽约，在金沙萨
在开普顿
你们在街头呐喊
狂喜在空气中飞扬：
——街上没有黑人！
从未曾有过。
没有懒惰的黑人
使田园荒芜
也无人与奴隶制顽抗
没有黑人可以掠夺。
所有的财富呈现为脸上的汗水
而脸上的汗水是生活的诗句。

不存在黑人的音乐
刚果的丛林里从未跳起过巴图克舞蹈
谁议论起了“灵歌”？

来，让沙龙里只回荡起
德彪西，施特劳斯，柯萨科夫。

---

① 马普托旧称。

地球上已不再有野蛮人。
上等人种的文明万岁
再没有污点
来玷污你们的审美！

从未有过大发现
非洲与全世界一起诞生。

何为殖民？
何为对黑人的大屠杀？
何为对财产的掠夺？
无人知晓。

历史错了。
奴隶制从不存在
对以自身力量为荣的少数人的控制
从不存在

结束你们的宗教远征
你们的信仰已经遍布全球
全世界都是基督徒
你们全部是基督徒
没有异教徒等着被你们皈依
避免想象更多的异教徒
来证明

为人不齿的野蛮行径。

不必再派遣更多的传教士
来到非洲与
黑人的街区
从未有过巫术
也没有不同的宗教理念
从未有过辅助军事占领的宗教

一切都可以结束了,一切
你们全体是兄弟。
可以继续你们的体制
社会主义或资本主义
对我都无关紧要。
是盘剥无产阶级
还是让他们有饭吃
这是你们的事。

继续你们的政治体制吧
独裁,民主。
互相杀戮
为荣誉而战
为权力而战
培植有力的少数派
来维护你们的比赛……

庇护你们朋友的教子
发明更多的种姓门第
贵族，豪门
把一切思想资产阶级化
让一切都轻而易举
再无僭越之徒
干扰你们亲爱的
被维护的文明
人类宠儿的文明。

人类兄弟们
拉起手来
喊出你们成为独一无二者的快乐
独一无二！
地球上独一无二的居民。

我抵达了零！

这使你们的伦理
被极端简化。
至少现在不会再丢失
表现诚实的机会。

如果发生地震
灾难、暴雨或者瘟疫

或洪水侵袭大地
或汽车在非洲荒野的泥泞中抛锚
你们会被天打雷劈！
不要呼喊我
去救援你们的不幸
去修复你们的灾难
或者去担负你们的疏忽带来的后果
你们见鬼去吧！

我不存在
我自豪地宣布我从未存在。
我抵达了零。
虚无。
赐福于我“超级自杀”的
那一时刻
你们
创造了道德体系
用于纳入各种不道德的人们
阳光只为你们照耀
月亮只为你们反光
从未有过奴隶制
没有屠杀
没有对非洲的锪取。

就仿佛历史

已经变成了一部“道德论著”
不需要进行急剧的变革！

在码头、在铁路，没有黑人
在流汗。
劳动场地里从未响起过
伤痛的号子
只有起重机的轰鸣。
从未有人背负重担
踩着路上的荆棘
是燃烧的机器挑起千斤

噢顺从的、谦卑的，甚或羞赧的黑人
城市里没有你们的位置
只是在诚实的踏脚板上
抑或在权力的角落里
你们的灵魂栖息在低人一等的符号里
公开的多妻者
性感的巴图克舞者
你们所有人都提升了价值
抵达了零
你们是虚无
你们拯救了人类。

种族仇恨已经完结

连同那文明的使命
再不用因为看到
黑人孩子坐在学校里
与蓝眼睛的孩子比邻
而作呕不适
也没有了敲诈勒索、强行就范
更没有刑讯逼供
屈打成招
再不惧怕反抗
也不用那些复杂的政治花样
来愚弄简单的心灵。

社会矛盾纷争均已完结！

我抵达了零。
到了世界重新启动的时刻
我选择不再存在。

我抵达了零的空间
虚无的时间
我与拥有一切的你们重合。

最重要的是：
我拯救了世界。

Ⅱ. Afirmação

Ⅱ. 肯定

啊!
我的灵魂燃起光明
光明!

所有疯狂的词语都偃旗息鼓吧
这场不可能的放弃。

我的全体从未否定自己
从未与虚无混为一谈
我不会,永不会倒卧在火车轮下

我没有谈起
对世界的拯救
以我的存在为代价
以从负值提升到零的转变
通过对无辜者的惩罚
在一场超级自杀的历史事件里

说出这些的不是我
是我的疯狂。

我的位置设定在

战场

来征服丢失的生活

我是。我存在

我的双手为世界

奠定基石

我有权力获得我的一块面包

我是人类

正面的价值

我不会隐退

永不隐退！

跟随着自由的人群

我的道路

通往自由，通往生命。

原谅我度过了五分钟的

疯狂。

……

LIVRO III AMANHACER
第三部　破晓

AMANHACER
破　晓

大地之上
温暖的絮语在飘荡
光明与黑暗
为了统驭宇宙
上演着角斗；
这一幕
从窗外涌来
渗入我们的血脉；

灵魂中快乐在升腾
生命低语，梦幻甜蜜。

黎明的钟声敲响了
太阳即将升起。

DOCEMENTE
甜蜜蜜

有一天，一个甜蜜的微笑
像是爱情的模样。
我相信了爱情。

有一天，太阳升起
爱情的日子
喜悦的日子
百鸟鸣唱于蓝天
那喜悦的爱情时光。

伊人步履轻盈，巧笑倩兮
对我绽放微笑
对我的世界绽放微笑
所有希望的门扉次第敞开
在那爱情的甜蜜微笑里。

将心比心，执子之手
两条曲径相遇相聚
两心合一
整个宇宙融为一体
握紧的双手载满爱情。

太阳甜蜜地升起

爱情甜蜜地闪耀

而世界

变成了我们的世界。

1951 年 9 月 4 日

PAREDES VELHAS
老　墙

这些老旧的纪念碑
高高耸立，试图博得我的崇敬
我一定要将其推倒

这些老墙
由自私自利者筑起
上面没有我的记忆
我一定要将其摧毁

让我们筑起新的纪念碑
新的墙壁
以告知我们的子孙
我们将
携手建造。

携起手来，我们的名字
将被铭记
就像我们携手为生命
奉献燔祭

而我们子孙的子孙
必将携手
为我们骄傲。

BOOGIE-WOOGIE
布吉-伍吉

唱吧，卡洛维
用你嘶哑的喉咙吟唱
它们将被磨灭在
生活的虚空中

唱吧，阿姆斯特朗
在欢快的音乐中喊出
哭泣的终曲。

唱吧，罗伯逊
唱出你双重的曲调
悲伤，欢乐，悲伤。

哈莱姆奏响了萨克斯风
和单簧管

歌唱吧
非洲的人群！
唱出你们的故事
以勇气的节奏
落泪的应和。

歌唱吧
让我看到破碎的心中
是怎样的残片
在捕获的切分音的韵律里
在刚果的丛林里。

歌唱吧
你们的旋律
在月光下呼吸
炽热如篝火散发的
诱人的光明
哀伤如你们上演的戏剧。

吟唱吧
唱出你们感情的狂欢
唱出一个民族忧伤的历史。

噢声音的精灵，
唱出我们的历史。

BAILARICO
民间舞

让我们来跳舞
跳舞
跳舞
明天是假日
无人劳作。
只要欢乐，
欢乐。

再来一支伦巴
一支康加
一支桑巴
不要华尔兹
我们不要慢舞。
在沙威尔·库加的爵士里
加进我们的巴图克
火热的节奏。
一切起舞
我的人儿。
不用衣冠楚楚
可以扔掉领带外套
纵情起舞。

这里没有谁
来指控我们野蛮

我们休憩片刻
我们纵情起舞。

让我们跳舞
直到我们的感官
只能理解舞蹈
只能感知舞伴的芳香
巴图克的四溢激情
在沙威尔·库加的爵士里
只要跳舞
只要欢乐。

生命只有两天
而明天
我们出发去圣多美。
来吧玛丽亚·罗萨
为我摆动起腰胯
来吧爱音乐的小伙子们
为我再来一遍那一天的那一曲
轰鸣的桑巴！
欢乐！
姑娘们，热闹起来！

一起起舞
我的人儿
一直舞到明晨八点
伴着我们巴图克的强劲节奏
明天是快乐的日子
快乐
快乐
只要快乐。

1948

HOMENAGEM A JOAQUIM FORTE DE FARIA
致若阿金·富尔特·德·法里亚

数字
公式、图表、困乏的时刻
万博省、卢索[①]的水
C. E. I. 、报表
电话、铃声、小夜曲
精确
欢快的笑，天然的笑
各种噪音
（包括基尼·科鲁帕的打击乐和
施特劳斯的华尔兹）
爱情心理学
冥想中的敏锐
混乱：生命＝$2\pi r$，r＝MIM
索萨·巴斯图斯的柜台
还有……代数
（唉，代数！）

这寥寥数笔
勾画出富尔特·德·法里亚博士的轮廓

---

① 葡萄牙一种矿泉水的牌子。

噢,若阿金!

这位忙碌的博士
无暇谈一场恋爱
因为除了一些伟大的问题
他只感觉到一种爱恋
——代数
(唉,无所不包的代数!)

他这样在生活中出现
在规律和机器的一团乱麻中
另有一千零一种微小的事物
一切井井有条,分门别类
安静,准时,精确
都与代数并肩手挽手!

愿在生命的旅途里
阳光永远照耀着你,博士!

怀着友谊之情的

安东尼奥·阿戈什蒂纽·内图

理科四年级

科英布拉,1950 年 5 月

SOBRE O SANGUE AINDA QUENTE DO MEU IRMÃO

我兄弟的热血

在为国捐躯的
我兄弟的热血之上
我筑起团结的梦想

在被刽子手杀害的
我姊妹的热血之上
我筑起联合的梦想

联合凝结于鲜血
团结植根于大地
在我的行动里萌芽
在我的声音里生长
在你的目光中呐喊

1972 年日记